Gütersloher Taschenbücher / Siebenstern 1021

HANS FRANCK

Die Pilgerfahrt nach Lübeck

Eine Bach-Novelle

GÜTERSLOHER VERLAGSHAUS
GERD MOHN

Originalausgabe

CIP-Kurztitelaufnahme der Deutschen Bibliothek

Franck, Hans:
Die Pilgerfahrt nach Lübeck: e. Bach-Novelle /
Hans Franck. – Orig.-Ausg., 3. Aufl., (16.–21. Tsd.). –
Gütersloh: Gütersloher Verlagshaus Mohn, 1986.
(Gütersloher Taschenbücher Siebenstern; 1021)
ISBN 3-579-01021-2

NE: GT

ISBN 3-579-01021-2

3. Auflage (16.–21. Tsd.) 1986

Gesamtherstellung: Clausen & Bosse, Leck
Umschlagentwurf: Dieter Rehder, Aachen,
Printed in Germany

Diese Bach-Novelle lege ich

– als Dank für klingende Stunden –

in die Hände der Musikerin

Amalie van Beest Holle-Verschuyl

In der Herrgottsfrühe des ersten Oktobers 1705 begab sich der zwanzigjährige Organist zu St. Bonifatii – seitdem sie abgebrannt und ein Jahrhundert darnach wieder auferbaut war, genannt die Neue Kirche – von Arnstadt im Thüringer Lande, seiner Wirkungstätte, auf eine Pilgerfahrt nach Lübeck. Er hatte mit geziemender Form dienstgehorsamst bei dem Gräflich Schwarzenburgisch Arnstädtischen Consistorio Urlaub erbeten. Dieser war ihm auch im Auftrage der Hoch und Wohledlen, Hoch und Wohlgelahrten, Hoch und Wohlweisen, Hochgeneigten Patrones und Herren, welche sein vielköpfiges Vorgesetztenkollegium darstellten, von dem Superintendenten Olearius auf die Dauer eines Monates – bei empfindsamer Strafe keinen Tag länger! – bewilligt worden. Und zwar mit der ausdrücklichen Vermerkung, daß er zum Schlagen der Orgel einen kunstkundigen Vertreter nicht nur persönlich zu bestellen, sondern aus seinen Dienstbezügen auch selber zu besolden habe.

Dieser behördliche Vorhalt ließ sich von dem Reisewilligen mühelos in die klare Grundharmonie der Erfüllung auflösen. Denn unter seinen zahllosen Brüdern und Halbbrüdern, Vettern und Viertelvettern war kein Einziger, an dessen Wiege nicht, inmitten der leibhaften Gevatter und Gevatterinnen, Frau Musica als unsichtbare Patin gestanden hatte. In der Tat sagte gleich der Erste, dem er die zur Bedingung der Lübecker Reise gesetzte Vertretung antrug, sein Vetter Johann Ernst, ohne jedes Bedenken zu und lachte ihn aus, als er von Bezahlung sprach. Denn: einen Monat lang auf der erst vor zwei Jahren von Johann Friedrich Wender erbauten neuen Orgel zu Ehren Gottes und zu der eigenen Vervollkommnung Tag für Tag spielen dürfen, das war ihm Lohnes genug.

Fragte man den jungen Arnstädter Organisten, warum er zwei Jahre nach seiner Berufung in ein Amt, das ihm manche Älteren neideten, sich wiederum auf Wanderschaft mache, so antwortete er in seiner knappen Art, die leicht einmal von gewollter Bestimmtheit in ungewollte Heftigkeit ausschlug: „Buxtehude hören!“ Von dem, was diese beiden Worte zusammenrafften, durfte Niemand auch nur das Allergeringste wegnehmen. Nachdem der Bruder, welcher Vaterstelle an ihm vertrat, die Weise seines Wiener Lehrmeisters, des großen Pachelbel, ihn gelehrt hatte, er selber Schüler, Freischüler Böhms in Lüneburg gewesen war, wiederholte Wanderungen von dort nach Hamburg ihn mit dem Spiel des alten Reinken vertraut machten, blieb ihm auf dem Wege zu seiner Meisterwerdung tatsächlich nur noch Eines zu tun übrig: Buxtehude hören, den Meister dieser drei Meister, dessen Spielen und Schaffen mehr wog als das Spielen und Schaffen des Wieners, des Lüneburgers und des Hamburgers insgesamt.

Wenn demnach von dem Reisegrund „Buxtehude hören!“ durch keinen einzigen Menschen, selbst durch den zweifelsüchtigsten nicht, auch nur ein Gran weggenommen werden konnte, so mußte der zwanzigjährige Organist zu St. Bonifatii, genannt die Neue Kirche, vor seinem Herzen – und vor Gott – rückhaltlos eingestehen, daß zur Rundung der Wahrheit noch ein bedeutsames, sorglich zurechtgebogenes Stück Tatsächlichkeit fehlte. Dieses nämlich: Der fast siebzigjährige Organist zu St. Marien in Lübeck, Dietrich Buxtehude, suchte den seiner würdigen Nachfolger. Im Spiel auf der Orgel gedachte der Arnstädter mit sich einen Mann zu stellen, der alle übrigen Bewerber ausstach. Aber der Bestallung des neuen Organisten an der größten und schönsten Lübecker Kirche war ein Doppelkreuz vorgesetzt: Wer sie erlangen wollte, mußte die Tochter Buxtehudes ehelichen und damit die Verpflichtung übernehmen, seinen schwiegerväterlichen Vorgänger in dem erheirateten Hause bis an dessen Lebensende zu erhalten. Ob Dietrich Buxtehude, der zur Erlangung des Organistenamtes an St. Marien die Tochter seines Vorgängers, Franz Tunders, mit der gleichen Bedingung hatte heiraten müssen, das Doppelkreuz in die Bestallungnote selber unbedenklich eingezeichnet hatte, oder ob der Senat

Lübecks es wohlberechnet eintrug, weil er sich die Altersversorgung seines allmählich amtsmüde werdenden berühmtesten Organisten von der Halskrause fernhalten wollte, ließ sich nicht ausmachen. Es konnte auch gleichgiltig genannt werden. Denn das Doppelkreuz stand nun einmal da.

Der zwanzigjährige Arnstädter Organist war fest entschlossen, sich der gedachten Nebenbedingung, ohne die Niemand das Lübecker Organistenamt erlangen konnte, widerspruchslos zu fügen; blieb jedoch trotz seines Entschlusses geraume Weile an zwei Haken hängen.

Der eine von diesen beiden Haken war grob, rostig und kantig. Es ging nämlich das Gerücht um, daß vor zwei Jahren der zweiundzwanzigjährige Hamburger Johann Mattheson und der achtzehnjährige Hallenser Friedrich Georg Händel die fette Organistenstelle zu St. Marien in Lübeck hätten fahren lassen, weil sie sich nicht entschließen konnten, die achtundzwanzigjährige Anna Margareta Buxtehudin als Knochenbeilage in Kauf zu nehmen. Der zweite Haken war zierlich, blank und rund, hielt aber trotzdem fester. Auf der Empore zu St. Bonifatii hatte der zwanzigjährige Arnstädter, während sie seine Arien und Lieder, von ihm begleitet, zur Orgel sang, öfter in die Augen, tiefer in das Herz seiner mit ihm fast gleichaltrigen Base Maria Barbara Bachin hineingesehen und hineingehört, als es die Musik nötig machte.

Von dem ersten, dem kantigen nordischen Haken riß der Thüringer sich mit den Worten los: „Woraus ist vor der eigenäugigen Besichtigung zu schließen, daß über Anna Margareta ein Eisenacher genau so urteilen wird, wie der Hamburger und der Hallenser es getan haben, die sich bereits um die Lübecker Stelle bewarben? Oder behauptet etwa der Volksmund nicht, und zwar mit vollem Recht, daß dem Einen sein Uhl dem Andern sein Nachtigall ist?"

An dem zweiten, dem zierlichen mitteldeutschen Haken wäre der Arnstädter vermutlich hängen geblieben, wenn nicht das Schicksal zugegriffen hätte.

Da nämlich an einem schönen Augustabend der Bonifatiusorganist friedlich über den Ledermarkt zu Arnstadt ging, um seine Behausung in der Goldenen Krone am Holzmarkt zu erreichen und sich nach der Stunde Spiels auf dem Cembalo, mit dem er jeden seiner Tage beschloß, zur Ruhe zu legen, hatte, in dem Augenblick, als er die Galerie querte, der Gymnasiast und Fagottist Geyersbach in Begleitung von fünf Mitschülern ihn mit dem Ruf: „Hundsfott!" angefallen. Einen armdicken Stock eindeutig erhoben, verlangte dieser Schlagetot, daß der endlich aufgetriebene Widersacher die Beanstandung seines Spiels zurücknehmen solle. Der Überfallene hatte dem Stockhelden auf der Stelle mit seinem Degen die gebührliche Antwort gegeben und zwar so gründlich, daß es dessen Mitschülern große Mühe machte, sie zu trennen. Wenige Tage darnach wurden sie vor das Consistorium auf Schloß Neideck geladen; und zwar er als Angeklagter, hingegen Geyersbach, obwohl Der den Handel begann, als Kläger.

Unumwunden hatte er, nach Vorlesung der Anklage, zugestanden: Jawohl, er habe den Geyersbach einen Zippelfagottisten genannt und beantrage hiermit, daß der Gegner sein Instrument holen und dem Hohen Consistorio vorspielen solle, damit Diejenigen von seinen Richtern, welche Ohren zum Musikhören hätten, selber feststellen könnten, ob der Kläger, was er von ihm behauptet habe, sei oder nicht, nämlich: ein Zippelfagottist.

Das Gräflich Schwarzenburgisch Arnstädtische Consistorium hatte auf das Spiel des Geyersbach verzichtet. Einmal weil man vermutete, daß der Herr Gymnasiast alsdann den Beweis seines Nichtskönnens selbst widermusikalischen Ohren erbringen werde; zum Andern weil man wußte, daß in ganz Arnstadt Niemand zu finden war, der mehr von Musik und von dem Spiel der Instrumente verstand als der zwanzigjährige Organist zu St. Bonifatii. Damit aber der Zippelfagottist nicht hinten von dem Urteilswagen herunterfalle, sondern – wenn auch mit blauen Flecken an einer gewissen Körperstelle – auf ihm hocken bleiben könne, war der Herr Superintendent Olearius, der mit dem vornehmen Vater des Geyersbach, ebenso wie andere Mitglieder des Consistorii, mancher Flasche Wein den roten Kopf abgeschnitten und den Adamsapfel aus dem Hals gezogen hatte, dazu übergegangen, ihm Vorwürfe zu machen, die nichts zur Sache taten.

Plötzlich hieß es: Er solle vor seiner eigenen Tür kehren, eh er wegen mangelnder Sauberkeit bei Anderen den Spöttermund ungebührlich aufreiße. Man hätte an der Aufführung der von ihm in Musik gesetzten Kantate „Denn Du wirst meine Seele nicht in der Hölle lassen" vorige Ostern mancherlei auszusetzen gehabt. Wie sehr mit Recht, scheine der jugendliche Organist – obgleich er es wegen seiner bekannten Halsstarrigkeit sicherlich niemals zugestehen werde – in dem Grunde des Herzens selber zu wissen. Denn er habe jenen ersten Versuch höchstbezeichnenderweise niemals wiederholt.

Darauf Er: Nicht die Mängel der Aufführung seiner Osterkantate, die Niemandem tiefer in das Herz geschnitten hätte als ihm selber und die abzuleugnen er keinerlei Anlaß habe, wären der Grund, daß es bisher bei der einzigen Kantateneinübung geblieben sei.

Worauf der Herr Superintendent: Warum er alsdann, da er die Mängel seiner Leistung erkenne und wider Erwarten sogar eingestehe, keine neuen Stücke geliefert und vorgeführt habe?

Darauf wiederum Er: Weil unter den obwaltenden Umständen auf eine Abstellung der schmerzlichen Unvollkommenheiten nicht gehofft werden dürfe. Er sei nach wie vor bereit, Kantaten in Musik zu setzen und besser als vorige Ostern aufzuführen, wenn seine Bedingung erfüllt werde, ihm einen Director Musices beizugeben, der den Chor drille und, während er mit abgewandtem Gesicht die Orgel spiele, den Takt schlage, sowie den einzelnen Stimmen ihre Einsätze in die Luft zeichne. Solange dieser wiederholt und dringlich vorgetragenen Forderung, die er nicht etwa um seinerwillen sondern der Musik wegen gestellt habe und weiterhin stellen werde, nicht entsprochen worden sei, müsse es bei der einen, mit Recht getadelten Kantatenaufführung sein Bewenden haben.

Worauf hinwiederum der Herr Superintendent: Wir lebten nun einmal auf Erden Alle mit Inperfectis. Er solle also die Unvollkommenheit der menschlichen Natur von vornherein gebührend in Rechnung stellen, seine Sänger und Sängerinnen freundlicher, als bis dato geschehen, behandeln und fleißiger mit ihnen üben, dann werde er auch bessere Ergebnisse erzielen. Und zwar ohne Director Musices, für dessen Besoldung weder die Gräfliche noch die Städtische noch gar die Kirchliche Kasse ausreiche.

Jetzt hatte er keineswegs darauf hingewiesen, daß er zum Gesangunterricht an dem Gymnasium, zu Chorübungen mit dessen Schülern und Lehrern durch seine Bestallungurkunde nicht verpflichtet sei und somit, wenn das Consistorium von ihm ein Darüberhinaus fordere, auch ein Übriges als das von Diesem bisher Geleistete erwarten dürfe; er hatte vielmehr, um nicht Alles auf das Spiel zu setzen und im Falle des Verlustes dem unablässig auf ihn wartenden Hunger diesmal selber die Tür aufzustoßen, zähneknirschend geschwiegen.

Seit jener Stunde aber wußte der eifervolle Organist zu St. Bonifatii, daß in Arnstadt seines Bleibens nicht lange mehr sei. Also hatte er, sobald von der immer dringlicher werdenden Neubesetzung der Organistenstelle zu St. Marien in Lübeck gewisse Kunde zu ihm gekommen war, ein Gesuch um Urlaub eingereicht. Jedermann, dem Hohen Consistorio und dessen Vorsitzenden, dem Herrn Superintendenten Olearius, allen Arnstädtern, die ihn nach dem Anlaß seiner Reise fragten, und auch Der, die ihn nicht fragte, ja ihr, Maria Barbara, am häufigsten und nachdrücklichsten, gab er als Grund an: „Buxtehude hören!" und sprach damit die Wahrheit aus; wenn auch nicht die vollgerundete Wahrheit. Denn seinem Herzen – und Gott – gestand er unverhohlen ein, was er dem Consistorio und dem Superintendenten, Allen, die ihn fragten, und Der, die ihn nicht fragte, ja, ihr am geflissentlichsten und sorgsamsten, verschwieg: Er wollte sich um die Organistenstelle zu St. Marien in Lübeck durch Vorspielen bewerben und, da es nicht wegzuschaffen war, das Doppelkreuz der Bedingung Buxtehudes oder des Senates oder Beider zugleich als zu Recht gesetzt anerkennen; mithin die dreißigjährige Anna Margareta Buxtehude heiraten und die Verpflichtung auf sich nehmen, ihren Vater bis an das Ende seines Lebens zu speisen und zu tränken, zu hausen und zu kleiden, zu pflegen und zu erden. Ein letztes Mal gedachte er zum Gesang der zurückbleibenden Base und, nachdem sie gegangen war, für sich allein zur Ehre Gottes seine Orgel zu spielen, ein letztes Mal auf die Häuser Arnstadts und das Dach seiner turmlosen Kirche zurückzublicken, ein letztes Mal St. Bonifatio zuzuwinken und mit dem Herzen wie mit dem Munde, mit dem Munde wie mit dem Herzen „Maria Barbara – –!" zu sagen, dann aber den südwärts gerichteten Blick entschlossen umzuwenden und für immer dem nordischen Himmel zuzukehren oder besser noch: jenem Himmel der Himmel, an dem Süden und Norden, Westen und Osten nicht zu finden sind.

Also begab sich in der Herrgottsfrühe des ersten Oktobers anno 1705 der zwanzigjährige Organist zu St. Bonifatii von Arnstadt im Thüringer Lande auf die Pilgerfahrt nach Lübeck.

Vierhundertundfünfzig Kilometer lagen, als er dem südwärtsgekehrten Blick die neue Richtung gegeben hatte, vor den Füßen des nordwärts Wandernden. Sie mußten Schritt um Schritt von ihm herangeholt und zurückgestoßen werden. Wenn auch der Vetter Johann Ernst auf ein Entgelt für seine Vertretung verzichtet hatte und nach der Heimkehr mit einem Reisegeschenk bedacht werden konnte, so reichte dennoch das Organistengehalt zwar zur Not für Wegzehrung und Nachtlager, aber keineswegs für Fahrten mit der Post oder gar, falls diese an irgendeiner Stelle nicht wartete, für Fahrten mit einem selbstbezahlten Wagen. Denn es betrug ganze 25 Gulden aus den Städtischen Biergeldern, 25 Gulden aus dem Kirchlichen Gotteskasten und 30 Taler vom Gräflichen Hospital. Nichts Anderes verblieb ihm also zur Gewinnung des Reisezieles, als die vierhundertundfünfzig Kilometer – sage und schreibe: vierhundertundfünfzig! – mit den Füßen nachzumessen. Wohl nahm hin und wieder ein Bäuerlein um „Vergelts Gott!" den Arnstädter Organisten eine Stunde Weges als Hockegast mit, und zwei Tage und eine Nacht lang konnte er sogar in einer Kaufmannskutsche, die auf der Fahrt nach Hamburg war, wie ein vornehmer Herr dahintraben. Jedoch für das Ganze seines Weges blieb die ursprüngliche Weisung bestehen: Schritt um Schritt heranholen, Schritt um Schritt zurückstoßen!

Dennoch ging der Zwanzigjährige mit dem vollbepackten Ranzen auf dem Buckel nicht nur unverdrossen sondern immer wieder frischen und frohen Mutes seinen selbstgesetzten Weg. Damit er niemals während der Pilgerfahrt allein sei, nicht bei Tag – nicht bei Nacht, hatte er seine Laute zur Reisegefährtin erkoren, und Maria Barbara ließ es sich nicht nehmen, sie ihm mit einem selbstgewobenen bunten Bande, lang genug, daß es schräg die Brust hinauf und den Rücken hinab laufen konnte, reisemäßig herzurichten.

Da war er in Versuchung geraten, das Willensgatter in sich aufzureißen und den eingepferchten Worten zu seiner Base hin freien Lauf zu gewähren. ‚Ich weiß' – wollte er sagen – ‚welche Wünsche und Hoffnungen Du in das Lautenband hineingewoben hast. Aber Du irrst. Ich komme nicht wieder. Denn keineswegs will ich nur Buxtehude hören, um mich im Orgelspiel zu vervollkommnen. Sondern mit allen gottverliehenen Kräften mich um seine Nachfolgerschaft bewerben. Und also auch Buxtehudes dreißigjährige Tochter Anna Margareta heiraten. Keine törichten Wünsche, keine falschen Hoffnungen! Von uns Beiden nicht, liebes Bäschen!' Indessen hatte er, als sie schon bis zu seinem Halse durchgebrochen waren, diese Worte wieder eingefangen und in sich abgewürgt, so daß nicht eines von ihnen den fast erzwungenen Auslauf bekam und die in Arnstadt zurückbleibende Base sich seinen Handdruck deuten mußte, wie sie konnte und mochte.

In den ersten Wandertagen freilich hielt der beurlaubte Organist nur selten mit seiner Laute klingende Zwiesprache. Wenn es doch einmal geschah, dann waren sie Beide, ohne sich zu bedenken, sogleich beim dunklen Moll angelangt, und der Kehrreim blieb, in welche Ton- und Wortnebenwege sie während des Liedes auch ausbogen, immerfort der gleiche: „Maria Barbara – –!" Je weiter aber der Weg nach Norden führte, desto kürzer und freier wurde der Zugang zum hellen Dur.

Die Wanderschritte wollten im Takt begleitet und das Morgenrot farbig ersungen sein; das nebenher laufende Bächlein bat um ein kluckerndes Kinderlied, und der müde verdämmernde Abend um eine sanftseelige Wiegenweise. Der klopfende Specht spottete: ‚Halt mein Gehämmer so fest, daß Jeder, der Dein Gezupfe hört, weiß, ob Buntspecht oder Schwarzspecht!', und die hüpfende Schwarzdrossel höhnte: ‚Mit was für Klängen willst Du mein schackerndes Lachen einfangen?' Wie aber gar konnte er dem Trompetenklang der Sonne, dem Bratschenton des Mondes, dem Geigenjubilieren der Sterne mit einem armsäligen Menscheninstrument und einer brüchigen Mannesstimme Widerhall sein? Dennoch: Wollte er nicht an dem Übermaß inneren Tönens ersticken, so mußte er mitsingen und mitklingen nach dem Vermögen der Kräfte, die Gott der Herr ihm verliehen hatte. Und in der Tat: Vom frühen Morgen bis zum Mittag, vom Mittag bis spät in die Nacht sang und klang der bisherige Organist zu St. Bonifatii, genannt die Neue Kirche, auf seiner Wanderung von Arnstadt nach Lübeck unverhalten mit in dem großen Schöpfungchor der Ewigkeit.

Daß er anfangs nur Zugang zum Moll gehabt hatte, war nach wenigen Tagen vergessen, und selbst der Kehrreim „Maria Barbara – –!" kam ihm abhanden. Freilich, als er sich die Aufgabe stellte, den Kehrreim „Anna Margareta – –!" in seine Kunst, den Regeln gemäß, durch Klang und Weise zu versetzen, da geriet ihm weder das Eine noch das Andere nach seinem Willen. Der Enttäuschte griff, um zu erzwingen, was sich ihm versagte, kräftiger, griff sehr bald so heftig zu daß eine Saite seiner Laute zerriß und ihm nun, da er schweigen weder durfte noch konnte, nichts übrig blieb, als sich bis zur nächsten Stadt bei sanfteren Liedern mit zehn Saiten zu behelfen.

Wohl wurde dort außer der gesprungenen Saite noch Anderes gekauft, das sich nicht entbehren ließ. Aber Einkehr hielt der Arnstädter Organist in den Städten nicht. Denn er hatte auf seiner Pilgerfahrt nach Lübeck sehr bald in Erfahrung gebracht, daß mit der Höhe und der Zahl der Häuser auch die Kosten für Essen und Schlafen bedenklich wuchsen. Daher bevorzugte er, aus Rücksicht auf seine Barschaft, als Unterkunft die Dörfer. In den armsäligsten, das heißt: in den billigsten Dorfschänken verbrachte er die Nächte. Wenn es ihm vom Bauern angeboten wurde, nahm er auch mit einem Lager im Stroh der Scheune fürlieb. Sagte die Bäuerin, bei der er um ein Stück Brot und eine Schale Milch gebeten hatte, in dem Augenblick, da er das Geld zur Bezahlung hervorzunesteln begann: „Laßt nur!“, so gab der Beschenkte sich nicht den Anschein, als ob er um jeden Preis seine wenigen Batzen loswerden wolle, sondern schob sogleich mit einem „Gott lohn es Euch!“ den blanken Riegelring wieder über den Schlitz seiner Börse. Er spielte, als eines Abends lachlustige Burschen und Mädchen ihn darum baten, ohne Widerstreben zum Tanz im Wirtshaus auf und verschmähte die Geldstücke nicht, die man ihm für jenes Musizieren freiwillig zuwarf, das Tänzer und Tänzerinnen Mühe nannten, die ihres Lohnes wert sei, obwohl es ihm nichts als Freude war, die ihren Lohn in sich selber trug. Denn was seinem Urahn, Hans dem Spielmann, eine Selbstverständlichkeit bedeutet und den Unterhalt des Lebens zugebracht hatte, dessen brauchte, dessen durfte er sich nicht schämen, obwohl er wohlbestallter Organist in Arnstadt war und binnen Kurzem besser bestallter Organist in Lübeck sein würde. Gott der Herr hätte neben den geweihten Tonmeistern, die Ihm zwischen den Pfeilern und unter den Gewölben der Kirchen mit feierlichen Weisen dienten, keine Spielleute in die Welt hinausgesandt, wenn Er nicht des Wissens und des Willens wäre, daß die Menschen ihrer zur Erhellung des trüben Erdendaseins bedurften.

Indessen trotz aller Willigkeit des Wandernden und vielfacher Hilfe der Menschen unterwegs, trotz der Lautengefährtin an der Seite und der voraufgaukelnden Hoffnung auf die Kunst des Meisters Buxtehude wurde die mit Freuden begonnene Pilgerfahrt nach Lübeck mehr und mehr zur Mühsal, die schließlich nur noch einen einzigen Sinn und Zweck zu haben schien: ein Ende zu nehmen.

Nach zwölf Tagen stand der zwanzigjährige Arnstädter

Organist an den Ufern der Trave. Auf den Türmen der Freien und Hansestadt Lübeck lag das Gold der Abendsonne. Die Glocken der Kirchen läuteten: den Ansässigen als Mahnung zum Dankgebet nach des Tages Last und Mühe, dem Pilgersmann zum Willkommen nach langer schwerer Fahrt. Der wußte durch manche Abbildung, welcher aller Türme der von St. Marien war; und als er eine Weile in den vielstimmigen Glockenchor hineingehört hatte, vermeinte er auch die Stimme von St. Marien, die ihn vor den Stimmen der anderen sonderlich grüßte, deutlich zu erkennen.

Dort gedachte er morgen früh einzukehren, nach der Wohnung Buxtehudes zu fragen, sich zur Prüfung seines Orgelspieles und zur Übernahme der ihm bekannten Nachfolgerbedingungen zu verpflichten und den Siebzigjährigen zu bitten, daß er sich bei dem Ehrbaren Senat Lübecks für ihn verwende, sobald er seine Bewerbung um die freiwerdende Organistenstelle zu St. Marien eingereicht habe.

Jetzt aber wollte er in einer schmalen Straße am Hafen ein billiges Gasthaus suchen und, wenn er es gefunden hatte, schlafen, nichts als schlafen. Er war zu Tode müde. Und schmutzig. Und abgerissen. So daß er morgen früh ein weibliches Wesen der Herberge bitten mußte, ihm die Hose zu flicken, solange er noch im Bett lag. Denn sie wies auf dem linken Knie ein großes Loch vor, und mehr als diese eine Hose hatte er, wegen Schlechtigkeit der beiden anderen, nicht mitgenommen.

Als aber der Wandermüde in der Hafengasse umherirrte, um eine Herberge ausfindig zu machen, deren Billigkeit ihrem guten Leumund keinen Abtrag tat, blieb er plötzlich erschreckt stehen und verwies sich sein sündiges Beginnen. Vor jedes Notenwerk schrieb er: „J. J.“, das ist: „Jesu Juva!“ oder zu deutsch: „Herr, hilf!“ Wenn die letzte Note noch nicht eingetrocknet war, setzte er zum Beschluß darunter: „S. D. G.“, das ist: „Soli Deo Gloria!“ oder zu deutsch: „Gott allein die Ehre!“ Jetzt jedoch, da er sein Werk begann, von dessen Gelingen sein Leben und darüber hinaus Güte und Geltung seines ganzen künftigen Tonwerkes abhing, jetzt wollte er mit Schlafen statt mit Beten, in einem Wirtshaus statt in einem Gotteshaus sein Lübecker Tun anheben? Pfui über seinen Mund, der kein Recht auf Müdigkeit hatte wie seine Beine! Trauer um seine Seele, die nicht nach Ausruhen verlangen durfte wie sein hämmerndes Herz! Auf gen St. Marien! Niedergekniet im Wald der himmeltragenden Säulen vor dem dorngekrönten Haupte des Schmerzensmannes! Gebetet, als Allererstes in Lübeck gebetet: „Herr, hilf und laß wohlgelingen!“ Wenn es dazu nicht reichte, dann doch die beiden Worte: „Jesu Juva!“ Denn wann ist es nötiger, daß der Mensch von Gott Hilfe erbittet, als in den Augenblicken, da er in dem Strom der Müdigkeit zu versinken droht, ohne zu wissen, ob ihn der neue Tag wieder an die Ufer des Erdendaseins zurückträgt!

Schmutzig und bestaubt war er? Gott würde an dem Schmutz auf seinen Stiefeln, an dem Staub auf seinem Rock keinen Anstoß nehmen; denn Ihm, der auch den Schmutz der Wege, den Staub der Straßen geschaffen hat, war Alles rein. Die Hose, welche er auf der Wanderschaft trug, war zerrissen? Gott würde ihn nicht wegen eines Loches in der Hose aus dem Hause, das zu Seiner Ehre erbaut wurde, fortweisen. Denn da der Mensch nackten Leibes von Ihm herkam und sich eines Tages wieder nackten Leibes zu Ihm hin auf den Weg begeben mußte, was konnte Ihm eine zerrissene Hose ausmachen, daran Erdenbürger und Erdenbürgerinnen mit einigem Recht Ärgernis finden?

Also schleppte sich, bald nachdem er am Schluß einer zwölftägigen Fußwanderung in Lübeck eingetroffen war, der Arnstädter Organist zu St. Bonifatii zum Gebet in St. Marien durch die Straßen der vieltürmigen Stadt an der Trave, eh er sich gesäubert und hergerichtet, ja, eh er die Herberge, nach der sich alles an ihm und in ihm sehnte, gesucht, geschweige denn gefunden hatte. Ein paar Mal kam er von der rechten Richtung ab. Denn obwohl vom jenseitigen Ufer der Trave her die Stadt wie gefächert vor ihm gelegen hatte und er der Meinung gewesen war, daß er am anderen Tag in der Frühe des kürzesten Weges zu dem Endziel seiner Füße nicht fehlen könne, war er jetzt dreimal genötigt zu fragen: „Wo geht es hier nach St.

Marien?“ Brachte ihn das Gewirr der Gassen und Gäßchen um die Klarheit seiner Sinne? Spielte die Reisemüdigkeit ihm einen Streich? Er wußte es nicht. Er wollte es nicht wissen. Als der durch Lübecks Gassen hinirrende thüringische Wandersmann zum vierten Mal einen biederen Lübecker anfiel: „Wo geht es hier –?“, brach er mitten in der Frage ab. Ohne seinen Satz zu beenden, ohne die Antwort abzuwarten, ohne sich um das Kopfschütteln des angefallenen Bürgers zu kümmern, eilte er weiter.

Denn plötzlich hatte der Verirrte Orgelklänge vernommen, mit denen Dietrich Buxtehude, nein: Gott durch das Spiel des Meisters aller Orgelmeister ihm den unverfehlbaren rechten Weg wies.

Einen Augenblick freilich drohten die Füße des Davonrennenden sich in einer unsichtbaren Schlinge zu verfangen. Waren es Töne außer ihm, wirkliche Töne, die ihm auf Erden den Weg zum Ziel zeigten? Oder waren es Töne in ihm, unwirkliche Töne, die wohl der Seele himmelan die rechte Bahn weisen konnten, aber den Schritten durch die Wirklichkeit nur zu oft zum Verhängnis wurden? Denn immer wieder war in dem Arnstädter Organisten das inwendige Brausen der Töne so stark, so unwiderstehlich, zu übermächtig, daß darin nicht nur alle menschlichen Töne untergingen wie der Schrei eines todmatten Vogels in dem unendlichen Brausen des ewigen Meeres, sondern daß er Beides – das himmlische und das irdische Klingen – nicht mehr auseinanderzuhalten vermochte. Riefen ihn auch jetzt von drüben her, aus der jenseitigen Welt, Töne an, für die er nichts zu sein hatte als ein klingendes, ein wiederklingendes Instrument? Nein! Da – der Zweifelnde war um eine Ecke gebogen, so hastig und heftig, daß er mit einem Kind zusammenstieß, welches er nun erst aufheben und streicheln, trösten und zum Lachen bringen mußte – da lag St. Marien, seine zukünftige Wirkungstätte. Drinnen wurde die Orgel gespielt. Und auf der Orgelbank zu St. Marien saß Der, dessen Nachfolger zu werden die höchste Ehre war, welche die Zeit an einen deutschen Organisten – an ihn, wie er zuversichtlich hoffte! – zu vergeben hatte.

„So will ich, statt mit Worten, mit Tönen zu Dir beten, Herr HERR, mit Buxtehudes Tönen," sagte der zwanzigjährige Organist, der zu Fuß von Arnstadt nach Lübeck gewandert war, und trat, ohne seine Müdigkeit zu spüren, ohne um den Reisestaub auf seinen Schuhen zu wissen, ohne sich des Loches in seiner Hose zu schämen, durch eine Seitenpforte in das Gotteshaus ein.

St. Marien war leer. Nirgendwo knieten Beter vor den Altären. Keiner der Tausende, die Lübecks Mauern umschlossen, lauschte dem Spiel der Orgel. In dem Innern der Kirche dunkelte es bereits. Die Kerzen des Orgelspielers glichen verschüchterten Sternen. Denn die bunten Fenster des Westchores zu beiden Seiten der Orgel leuchteten im Abendsonnenglanz so überirdisch, als ob sie nicht in das Gemäuer einer von Menschenhand erbauten Kirche eingefügt wären, sondern das Licht der Ewigen Stadt durchscheinen ließen.

An dem Spieltisch vor dem Pfeifenprospekt der Orgel saß, vom Kerzenschimmer verklärt, ein weißhaariger alter Mann und formte, Gott zu Ehren, Präludien und Fugen: Dietrich Buxtehude, dessen Werke, wenn auch nicht den unkundigen Menschen, die mit ihm atmeten, dann doch dem Allwissenden mehr galten und schwerer wogen als die Werke der drei Meister, die vor allen anderen Organisten der Zeit genannt werden mußten: des Wieners Pachelbel, des Lüneburgers Böhm und des Hamburgers Reinken. Unten in dem Schiff der Kirche aber – scheu auf einer Seitenbank im Dunkeln sich bergend, – saß, ohne daß der Siebzigjährige oben auf der Orgelbank es wußte, der, dem von Gott bestimmt war, Ihm zu Ehren ein tönendes Werk zu schaffen, das nicht nur das Werk des Hamburgers und des Lüneburgers und des Wiener Orgelmeisters insgesamt sondern das des Lübecker Meisters obendrein aufwog; saß da und lauschte voll Demut und Staunen, voll Bewunderung und Bangen einem Orgelspiel, wie er es noch nicht vernommen hatte.

Es war bei dem Eintritt in St. Marien der Wille des thüringischen Pilgersmannes gewesen, mit dem letzten Ton Buxtehudes die gefalteten Hände voneinander abzulösen, still aufzustehen, ohne daß der Siebzigjährige es merkte, sich aus der Kirche zu stehlen und ihm frühestens am anderen Morgen, wenn er ihn in seinem Hause heimsuchte, oder vielleicht gar niemals, einzugestehen, daß er sein ungesehener Zuhörer gewesen sei.

Aber als Dietrich Buxtehude sein Spiel endlich abbrach und die Register hineinzuschieben begann, tat der verzückt Lauschende zum zweiten Mal an diesem Ankunftabend, was er nicht tun wollte: Er begab sich zur Orgelempore hinauf, um dem ehrwürdigen Lübecker Organisten seinen Namen zu nennen, das Bekenntnis abzulegen, daß er sein Spiel gehört hatte, und „Dank!" zu stammeln, immer wieder „Dank!"

Da der zwanzigjährige Arnstädter Organist zu St. Bonifatii, genannt die Neue Kirche, oben auf der Orgelempore vor den siebzigjährigen Organisten zu St. Marien hintrat, hatte Dieser bereits alle Register hineingeschoben, alle Koppelungen gelöst und die meisten Kerzen gelöscht. Nur zwei, eine zur Rechten und eine zur Linken der Orgel, brannten noch. Gerade war Dietrich Buxtehude damit beschäftigt, an einer von ihnen seine Laterne anzuzünden, die ihm bei dem Gang die dunkle Treppe hinab und über den dämmerigen Kirchplatz hinweg leuchten sollte.

„Wer seid Ihr?" fragte der Siebzigjährige.

Die Antwort lautete: „Ich wollte in der Kirche beten, habe Euer Spiel gehört, und dieses Hören, dieses Mithören war das tiefste Gebet, das ich seit Langem tat."

Der Greis lächelte: „Also fehlte von den vielen Hundert, die mithören könnten und sollten, Einer, ein Einziger, nicht."

„Verzeihung!" bat der Zwanzigjährige.

„Dafür, daß Ihr, der Fremde, an mir tatet, was meine lieben Lübecker wieder einmal unterließen: mein allabendliches Spiel anzuhören?"

„Ich habe, seit einer Stunde schon, unten in der dunklen Kirche Eurem Spiel zugehört."

„Warum nicht länger?"

„Und Ihr wußtet nicht darum, daß ich ohne Euren Willen, vielleicht gar – da Ihr Werdendes, nicht Gewordenes, spieltet – gegen Euren Willen, in Euch hineinlauschte, richtiger noch: Euch heimlich belauschte."

„Weiß ich denn je und eh, wenn das Spiel mich aus mir enthoben hat, um Zahl und Art, um Recht und Unrecht, um Reinheit und Verderbnis meiner Zuhörer? Erst wenn ich von dem Sturmwind der Töne so weit über mich hinausgetragen bin in die Gefilde der Ewigkeit, daß die Erde zu meinen Füßen versinkt, wenn ich mir selber so ganz entgleite, daß ich in der Abgrundtiefe der Klänge die Welt zu meinen Häupten nicht mehr höre vor der Stille in mir und rund um mich, erst dann bin ich ein Gott wohlgefälliger Diener der Heiligen Frau Musica."

„Man tritt ohne Wissen und Willen des Besitzers nicht einmal in ein steinernes Menschenhaus ein; und wenn man es, von irgendwelcher Not dazu gezwungen, dennoch tun muß, so bleibt Einem hinterher nichts als die Bitte um Verzeihung. Da ich ohne Euer Wissen und Willen in das Haus Eurer Seele eingetreten bin, wie sollte ich nicht bitten: Verzeiht mir!"

„Wer der Kunst beflissen ist, dessen Türen am Hause der Seele stehen Tag und Nacht zum Eintritt weit geöffnet. Und obwohl er immer wieder erleben muß, daß unter den Eintretenden Einige sich benehmen gleich unartigen Kindern, Andere ihn bestehlen, noch Andere in ihm hausen wie Vandalen, darf er trotzdem die Türen seiner Seele niemals zuschließen."

„Was der Wirt gewährt, freien Willens, gern gewährt, das darf der Gast nicht fordern, viel weniger: sich nehmen."

„Wer seid Ihr? Auch der Musik beflissen, wie die Laute an Eurer linken Seite dort vermuten läßt?"

„Ein wenig."

„Spielt Ihr die Orgel?"

„Sehr unvollkommen," beantwortete der Arnstädter diese Frage. Es war keine augenzwinkernde Verstellung, keine lobgierige Ziererei in diesen Worten. Vor dem ehrwürdigen Angesicht des schwarzgewandeten Lübecker Meisters, auf dessen Haupt schon der Schnee des Alters lag, dessen Gestalt in dem Licht der beiden Kerzen an der Orgel zu St. Marien so geheimnisvoll dastand, als wäre er für die Augenblicke dieser Aussprache von dem jenseitigen Reich zur Erde hinabgesandt, geziemten sich nur demütigste Worte.

„Welche von den Fugen, junger Organist, hat Euch am besten gefallen?"

„Die in fis-moll."

„Die – Dritte?" fragte der Organist zu St. Marien, um Kennen und Können seines Zuhörers durch eine irreführende Frage auf die Probe zu stellen.

„Nein, die Zweite," antwortete der Organist zu St. Bonifatii. „Die Dritte ging aus g-moll."

Da Buxtehude sah, daß man mit dem zugewanderten Jüngling, der sicherlich noch keine zwanzig Jahre zählte, reden konnte, ohne Gefahr zu laufen, daß die Worte im Gesprächssumpf auf Nimmerwiederkehr versackten, sagte er: „Die fis-moll-Fuge gefällt mir am Wenigsten von den Dreien, die ich heute Abend spielte. Natürlich war es die Zweite, nicht die Dritte. Verzeiht! Aber in meinem alten Kopf liegt nicht mehr Alles in den Schubkästen, darin es liegen soll, und wenn es doch dort aufbewahrt wird und ich es wider Erwarten nicht verkramt habe, dann ziehe ich in sieben von zehn Fällen beim Suchen die falsche Schublade heraus. Also, damit kein Irrtum entsteht, noch einmal: Die fis-moll-Fuge, die Zweite, die ich spielte, gefiel mir am Allerwenigsten."

„Jene Werke, mit denen wir zufrieden sind, können niemals gut sein. Denn die Endlichkeit des Maßes, das uns an die Hand gegeben wurde, vermag in keinem Fall für das Unendliche auszureichen, das uns als Aufgabe und Leistung zugewiesen ist. Jeden Abend bet ich zu Gott: ‚Erhalte mir meine Unzufriedenheit! Denn sobald ich mit mir zufrieden bin, ganz zufrieden, ist die Stunde gekommen, von der an ich nicht mehr das Recht habe DIR, der ohne Anfang und ohne Ende, ohne Maß und ohne Grenze ist, mit Tönen zu lobsingen'."

„Demnach ist was uns gefällt schlecht; und was uns nicht gefällt gut?"

„Nein! Was uns nicht gefällt, ist keineswegs ohne Weiteres und überall gut. Aber die Werke, mit denen wir unzufrieden sind, herbergen immerhin die Möglichkeit, daß sie etwas taugen. Während jene, die den Menschen gefallen, vor Gottes Herzen nicht gut sein können; und zwar umso weniger, je mehr Menschen sich ihres Begreifens rühmen, ihres Lobes unterfangen."

„Ist Das etwa gut?" rief Dietrich Buxtehude, der mit einer Schnelligkeit, einer Umsicht, die dem Zwanzigjährigen wohlangestanden hätte, einige der hineingestoßenen Register wieder herausgerissen hatte, und spielte aus dem Grave seiner fis-moll-Fuge jene Stelle, an der das Fugenthema zum zweiten Mal im Sopran und damit zum fünften Mal seit seinem Beginn wiederkehrt.

„Um das Nein muß der Meister Gott befragen. Mir steht bei Euch nur die Antwort auf solche Fragen zu, die ein Ja ermöglichen."

„Und was meint Ihr, würde von meiner Fuge vor Gott wohl taugen?"

„In Worten läßt sich Das nicht sagen."

„So sagt es anders."

Mit einem Sprung sitzt der Arnstädter Organist auf der Orgelbank zu St. Marien, reißt weitere Register heraus, koppelt, spielt den Schluß der Buxtehude-Fuge in fis-moll, spricht in sein Spielen hinein, spielt zum Erweis der Richtigkeit seines Sprechens: „Unsäglich, wie das Thema des Vivace in seine Ur-Teile sich auflöst! Zu seiner Ur-Mutter zurückkehrt! Jetzt im Sopran – nun im Baß, Sopran, Tenor, Sopran, Tenor! Nun Sopran und Tenor nicht mehr nacheinander, sondern zugleich."

„Ich hatte auf Drei A im Baß!" schreit Buxtehude in das Spiel hinein.

„Ais ist besser!" ruft der Spieler, ohne innezuhalten, über seine Schulter zurück.

„Ist viel besser!" gesteht der Siebzigjährige zu.

„Wenn die Menschen es auch hart nennen, darauf kommts nicht an," behauptet ununterbrochen spielend, der Zwanzigjährige, „sondern –"

„darauf, wie es in Gottes Ohr klingt," vollendet der Lübecker den Satz.

„Gott der Herr hat andere, hat bessere Ohren als wir Menschen," stimmt der Arnstädter zu.

„Aber es ist die Eigentümlichkeit der Gottesohren," wendet der Organist zu St. Marien, der vor seiner Orgel steht, ein, „daß sie nur hören, was Menschenohren – als ihre Muschel – auffangen; weil sie Alles, was uns Menschen betrifft, nicht göttlich hören wollen sondern menschlich."

„So muß man die menschliche Gottesohrmuschel dem Gottesohr angleichen," hält der Organist zu St. Bonifatii in Arnstadt, der zu St. Marien in Lübeck die Orgel spielt, dieser Einwendung stand.

„Wird Das möglich sein?" hallt ein Ruf in die Orgeltöne hinein.

Der Spieler hört ihn nicht. „Und jetzt," jauchzt er, hingerissen von den Tönen eines Meisters der Orgelkunst, seines Meisters, „jetzt, nachdem Sopran und Tenor an ihrer Zweisamkeit kein Genüge gefunden haben, darüberhin, ohne Bindung an das Thema, in freiem Ausatmen, im Aufatmen, im Veratmen – Das kann nur Einer: Buxtehude."

Das Spiel bricht ab.

„Zum dritten Mal: Wer seid Ihr?" fragt Dietrich Buxtehude.

„Laßt mich in Tönen antworten."

„Euren Namen?"

„Meinen Namen! So:

Ehe noch der Lübecker Organist eine Silbe auf diese Ton-Antwort erwidern kann, beginnt der Arnstädter Organist aus dem klingenden Gebilde seines Namens eine Fuge zu entwickeln. Plötzlich – erschreckend, daß er drauf und dran ist, in einer Stunde, die einem Anderen gehört, sich an das Eigene zu verlieren – bricht er ab.

„Wer könntest Du anders sein," ruft in seinen Grundvesten erschüttert, Dietrich Buxtehude aus, „als: Bach;

als: jener Bach, von dem mir mein Wandergenosse, der achtzigjährige Jan Reinken zu Hamburg, gesagt hat, daß alle unsere Lichtlein vor seinem Glanz vergehen werden wie der Schein der Sterne vor der Glorie der Sonne; als: Der, den sie Johann Sebastian tauften; Johann, weil er ausgesandt ist, Gott die Wege zu bereiten, Sebastian, weil er mehr wird leiden müssen denn wir Alle."

Und Johann Sebastian Bach, der Zwanzigjährige, der auf der Orgelbank zu St. Marien sitzt, hat Mühe, den siebzigjährigen Dietrich Buxtehude zu hindern, daß er vor ihm niederkniet.

Nachdem es ihm endlich gelungen war, begann der Alte sich anzuklagen: Simeon habe im Tempel zu Jerusalem den Herrn erkannt, als er noch ein kleines Kind gewesen sei, und aufgejubelt: „Herr, nun lässest du deinen Diener in Frieden fahren, wie du gesagt hast; denn meine Augen haben deinen Heiland gesehen, welchen du bereitet hast vor allen Völkern." Er aber habe nicht bei dem ersten Blick gesehen, nicht an dem ersten Wort erkannt, nicht mit dem ersten Ton gehört: ‚Das ist Jener, der ausgesandt ist, damit Du in Frieden heimfahren kannst; denn nun kann die Kunst des Orgelspiels auf Erden nicht nur nicht untergehen, sondern wird auf einen Gipfel gelangen, so hoch – nein: höher noch als Du ihn erträumt hast.'

Er wisse nur zu gut, versuchte Bach den fassunglosen Greis zu beruhigen, wieviel ihm zur vollkommenen Meisterschaft noch fehle. Nur deswegen sei er von Arnstadt nach Lübeck gekommen, um sich durch ihn in der Kunst des Orgelspiels und der Kunst des Orgelschaffens unterrichten zu lassen.

„Ich bedarf, daß ich durch Dich gelehret werde, und Du kommst zu mir?" rief Buxtehude in ehrlicher Selbstdemütigung.

Aus dieser Tonart wolle er hinfort kein Wort mehr hören! bedrängte der Zwanzigjährige den Siebzigjährigen. Er habe einen Monat Urlaub von seinem Consistorio erbeten, um sich bei dem Orgelmeister zu St. Marien in Lübeck zu vervollkommnen. Morgen werde mit dem Unterricht der Anfang gemacht. Denn es seien von den dreißig Tagen infolge der Fußwanderung schon zwölf vertan.

„Zu Fuß?“ rief Buxtehude, der nun nichts als Staunen war. „Quer durch Deutschland?“

„Da ich die Post nicht bezahlen konnte,“ antwortete Bach, „allerdings zu Fuß.“

Wann er in Lübeck angekommen wäre?

Heut. Ob vor vielen oder wenigen Stunden, wisse er nicht. Jedenfalls sei das Dach von St. Marien das erste Dach, welches er in dieser Stadt über seinem Kopf hätte.

Als Johann Sebastian Bach die Koppeln gelöst, die Register zurückgeschoben, die Laterne des Siebzigers angezündet, die beiden Lichter zur Rechten und zur Linken des Spieltisches gelöscht hatte und sich von Dietrich Buxtehude verabschieden wollte, fragte Der verwundert: „Wohin?“

„Irgendeine Herberge suchen, mich säubern und ausruhen.“

„Nein,“ widersprach Buxtehude. „Mein Haus sei Dir Herberge und Heimat, solange Du in Lübeck bist. Du kommst mit mir. Bist mein Gast; Wochen, Monate, Jahre. Bis Du und ich einander nichts mehr zu lehren haben. Wie könnte ich Dich wohl in ein Wirtshaus gehen lassen, Du mein Sohn im Geiste?“

„Dank, Vater Buxtehude.“

„Komm! Gib mir den Arm! Nicht der steilen Treppe wegen. Die bin ich ungezählte Male im Dunkeln abwärts gegangen, ohne zu stolpern. Wie sollte ich in meinem siebzigsten Jahre nicht vermögen, sie ungefährdet hinabzusteigen? Dennoch gib mir den Arm! Es ist viel zu sagen zwischen uns, was sich – wenn die Töne schweigen – von Mann zu Mann nur so sagen läßt.“

Da gab der zwanzigjährige Arnstädter Organist zu St. Bonifatii dem siebzigjährigen Lübecker Organisten zu St. Marien seinen rechten Arm und geleitete ihn die dunkle Treppe hinab, über den dämmerigen Kirchhof hinweg in sein Haus.

Erst als Johann Sebastian Bach – mit seinem Ranzen auf dem Rücken, die Laute an der Seite – in der hellerleuchteten Diele des Lübecker Organistenhauses stand, sah er wieder den Schmutz auf seinen Wanderschuhen und das Loch in seiner abgeschabten Hose. Des selben Augenblickes fiel auch die Erkenntnis über ihn, daß er seinem weißhaarigen Gastgeber wohl von dem gleichen Reisegrund wie den Arnstädtern gesprochen, aber den eigentlichen Anlaß für sein Urlaubnehmen oder doch dasjenige, was dafür der eigentliche Zweck und Grund sein sollte, verschwiegen hatte; diesmal freilich ohne sein Wissen und ohne seinen Willen.

Dietrich Buxtehude führte seinen Gast in das Giebelstübchen seines Hauses. Bach solle sich, sagte er, ein wenig säubern und erfrischen; unterdessen wolle er seine Tochter anweisen, daß sie ein drittes Gedeck zum Abendessen auflege, da er eine Überraschung für sie habe, eine leibhaftige Überraschung. Den Namen des Gastes werde er ihr nämlich nicht mitteilen. Vielleicht sei Anna Margareta imstande, ihn zu erraten, wenn er ihr sage, daß es sich um einen Orgelspieler handele, der trotz seiner achtzehn oder neunzehn Jahre – denn älter sei er sicher nicht – doch? – zwanzig? – zwanzigeinhalb sogar? – also: der trotz seiner zwanzigeinhalb Jahre als Meister in Deutschland nicht seinesgleichen habe, ihn selber keineswegs ausgenommen. Wahrscheinlich sage seine Tochter dann: „Bach! Wer anders als Johann Sebastian Bach? Als jener Bach, von dem der zweiundachtzigjährige Vater Reinken aus Hamburg bei seinem letzten Hiersein wie von einem Wunderwesen sprach." Denn was man gegen Anna Margareta auch vorbringen könne – auch er habe gegen sie manches auf dem Herzen, so nicht gerade zum Ruhm eines Jungen Mädchens diene –, daran, daß seine Tochter klug sei wie drei Magister, die man zu Einem zusammengebacken hätte, wäre noch von Niemandem auf Erden gezweifelt worden. Summa: In einer halben Stunde erwarte er ihn unten als Anna Margaretas und seinen Gast. Keine Minute später! Denn: nicht zur Zeit beim Essen sein, das könne seine Tochter auf den Tod nicht leiden. Wenn er sich drüben in St. Marien doch einmal verspiele und das Abendbrot auf ihn auch nur eine einzige Minute warten müsse, dann ziehe seine Tochter ein Gesicht, daß Einem drei Tage lang kein Essen und Trinken schmecke. Jawohl: im Gesichterschneiden hätte sie eine Meisterschaft, darin kein bezahlter Gesichterschneider auf der Bühne es mit ihr aufnehmen könne. Während seine seelige Frau, bei der er manchesmal eine viertel, eine halbe Stunde zu spät zum Abendessen erschienen sei, ihn angelächelt hätte: „Nun, Vater, warst wohl wieder einmal im Himmel mit Deinem Musizieren, nicht mehr auf der Orgelbank zu St. Marien?" und, sobald er Anstalten getroffen habe, sich zu entschuldigen, fortgefahren wäre: „Macht nichts, Vater. Ich habe das Essen warmgestellt, Du darfst nur nicht schelten, wenn es nicht mehr so gut schmeckt, wie es schmecken sollte und auch geschmeckt hätte, falls – –" O weh, da habe er sich aber gründlich verplaudert. Wie es so gehe im Alter: Türen, die man aufhalten wolle, ließen sich mit aller Mühe nicht mehr öffnen; und Türen, die man in sich besser geschlossen hielte, sprängen von selber auf. Also: Gutes Wiedersehen in einer halben Stunde beim Abendessen! Wie gesagt: Keine Minute später! Denn seine Tochter Anna Margareta – – Nun, er werde ja selber sehen und hören.

Johann Sebastian Bach öffnete, als Dietrich Buxtehude die Tür hinter sich geschlossen hatte, das Fenster seines Giebelstübchens. Auf St. Marien begann es sieben Uhr zu schlagen. Andere Kirchenglocken fielen ein: einige gemächlich, ohne sich um das Uhrenschlagen rundum zu kümmern, andere überhastet, mit dem Willen, die vorausgeschlagenen wieder einzuholen. In der Ferne begann ein Glockenspiel seine Stundenweise:

„In allen meinen Taten
Laß ich den Höchsten raten,
Der alles kann und hat;
Er muß zu allen Dingen,
Solls anders wohl gelingen,
Selbst geben guten Rat und Tat."

Bach hatte die Hände gefaltet und zu der Glockenweise die Worte leise mitgesummt.

Die Sonne war, lange schon, erloschen. Die Abendhelle hatte sich hinter ihr her auf den Abschiedsweg gemacht. Wie ein Steingebirge mit zwei fast gleich hohen brüderlichen Bergspitzen lag St. Marien da. Der Himmel hatte sich verfinstert. Sacht und sanft rieselte es von ihm zur Erde herab. Regen? Erster Schnee? Johann Sebastian Bach, der nach dem Norden verschlagene Thüringer, streckte die Hand in aufwallendem Verlangen, teilzuhaben an der Fremde, die ihm Heimat werden sollte, weit aus. In der Tat gelang es ihm, eine Flocke und noch eine und wieder eine zu sich in das Zimmer zu holen. Aber kaum hatte er das sternhafte weiße Wundergebilde auf seiner Rechten angesehen, so schmolz es durch die Wärme des Körpers, in der linden Luft des Zimmers dahin und war nur noch ein plumper, eindeutiger Wassertropfen; zu nichts Besserem nütze, als weggewischt zu werden.

Johann Sebastian Bach holte seine Laute vom Tisch, stimmte sie ein, begann zu spielen und summend vor sich hinzusingen; so leise, daß Niemand auf Erden das Spiel der Laute vernahm als der Singende, daß sein Singen von Keinem unter dem Himmel gehört werden konnte als von der Laute. Und seltsam, nun am Ende der Fahrt war der Kehrreim plötzlich wieder da, der ihm unterwegs verloren ging, jener vergessene, der während der ersten Tage ihn Stunde um Stunde begleitet hatte: „Maria Barbara – –“

Als Johann Sebastian Bach an das Spielen und Liedersummen in dem Giebelstübchen des Lübecker Organistenhauses sich soweit verloren hatte, daß er vermeinte, er wäre soeben – statt von St. Marien – von seiner Orgel zu St. Bonifatii gekommen, allwo Maria Barbara zu seinem Spiel gesungen hätte, stände jetzt vor dem Fenster seiner Stube in der Goldenen Krone zu Arnstadt und ließe seine Sehnsucht, seine Liebe hinter der über den Holzmarkt heimgehenden Base hersingen, da polterte Anna Margareta in diesen Traum hinein. Denn über den Marienplatz hallte es: „Halb Acht!“, und von allen Türmen Lübecks her antwortete es echohaft mahnend: „Halb Acht!“

Bach legte seine Laute auf den Tisch und begann, seine Schuhe vom Wanderstaub zu reinigen, seinen Körper zu säubern. Beides ließ sich, da Eile geboten war, rascher schaffen, als er im Voraus angenommen hatte. Aber die Hose! Wie das Loch in der Hose flicken? Er konnte unmöglich mit einer zerrissenen Hose vor Anna Margareta erscheinen! Nadel und Zwirn hatte Johann Sebastian Bach in seinem Reiseranzen nicht. Also mußte er den herabhängenden Zeugfetzen feststecken. War leicht gesagt. Aber womit getan? Er durchsuchte sein Wandergepäck. Jedoch in ihm war nichts zu entdecken, was eine Nadel ersetzen konnte. Schließlich fand Bach in der Tasche seines Rockes den Dorn, der ihm das Loch gerissen hatte. Den hatte er, getrieben durch seinen aufwallenden, sehr leicht überkochenden Zorn, von dem Strauch heruntergerissen, um ihn zur Strafe für das, was er ihm antat, in Stücke zu zerbrechen, dann aber doch – erkennend, daß nicht der unschuldige Dorn sondern er selber seiner Hose das Loch zufügte, und daß er wiedereinmal drauf und dran sei, die Zügel seines Willens zu verlieren – als Mahnzeichen heil in die Tasche gesteckt.

Als der verstörte Arnstädter Organist damit beschäftigt war festzustellen, ob der Dorn, geschickt von innen her verwandt, dazu tauge, das Loch in seiner Hose für den Rest des Abends vor Menschenaugen zu verbergen, klopfte Dietrich Buxtehude an die Tür des Giebelstübchens und rief von draußen her: Wo er denn so lange bleibe? Schon zehn Minuten über die festgesetzte Zeit! Ob er gegen seinen Willen eingeschlafen sei? Denn zum Säubern und Waschen brauche man doch keine vierzig, jetzt schon einundvierzig oder womöglich gar zweiundvierzig Minuten. Er solle, er müsse sofort nach unten kommen, wenn er jemals während seines Aufenthaltes ein freundliches Gesicht von Anna Margareta sehen wolle. Keine Minute – was sage er: Minute? – nein: keinen Augenblick mehr verlieren!

Johann Sebastian Bach sah seine zerrissene Hose an, steckte den Dorn wieder in die Rocktasche, lächelte und sagte: „Ich komme."

„Wann?“

„Sogleich.“

„In diesem Augenblick?“

„Da bin ich schon,“ antwortete Bach und öffnete die Tür seiner Stube.

„Endlich,“ atmete Buxtehude auf und nahm den Arm seines Gastes, daß Der ihn die Treppe hinunter geleite. Denn diesmal bedurfte er der Hilfe des Zwanzigjährigen. Er zitterte am ganzen Leibe. So heftig war, als Johann Sebastian Bach nicht zu der angekündigten Minute beim Essen erschien, der Sturmwind der Worte Anna Margaretas über den Siebzigjährigen hingefahren.

Die Wohnstube Dietrich Buxtehudes mit ihren hellen Birkenmöbeln, den einladenden Stühlen, dem Spinett, den vielen Bildern an den Wänden, dem Schatz der Noten und Bücher auf den Borten, den zahlreichen Decken und Deckchen wäre urgemütlich gewesen, wenn es den Eintretenden nicht aus allen Ecken und Winkeln angerufen hätte: ‚Siehst Du, wie sauber ich bin? Mußt in Lübeck lange suchen, bis Du einen zweiten Raum findest, der es darin mit mir aufnehmen kann!‘, wenn nicht die Dinge immerfort mit Flüsterstimme gewarnt hätten: ‚Obacht, nicht von der Stelle rücken! Vorsicht, keine Unordnung anrichten! Behutsam, nur um Lebens und Sterbens willen keine Schramme machen!‘

Der für Drei gedeckte Abendtisch wartete. Anna Margareta war nicht im Zimmer.

Dietrich Buxtehude, der teils der kalten Füße wegen, teils aus Rücksicht auf die hellen Fußböden vor Betreten der Stube seine Schuhe ausziehen mußte, ging auf weichen Hauspantoffeln, die Hände hinter seinem Rücken gefaltet, unruhig im Zimmer auf und ab. Ein Wort kam nicht über seine Lippen; weder eines der Verteidigung noch eines der Entschuldigung seiner Tochter.

Dann öffnete sich die Tür, und Anna Margareta Buxtehudin kam mit einer dampfenden Schüssel in Händen herein.

„Maria Barbara –“ rief Johann Sebastian Bach; wie man seinen Schutzgeist im Augenblick des Versinkens anruft.

„Nicht doch!“ fiel Dietrich Buxtehude dem Gast in die Rede; zum Glück, denn sonst wäre Der Gefahr gelaufen, daß er fortfuhr: ‚steh mir bei!‘ „Nicht Maria Barbara. Meine Tochter heißt Anna Margareta; was ich Euch übrigens, wenn ich nicht irre, schon mehr als einmal gesagt habe.“

„Euch?“ fragte Bach widersprechend. „Wenn Ihr mich von nun an wieder so anreden wollt, dann darf ich drüben in St. Marien nicht mehr Vater zu Euch sagen.“

„Hast Recht, mein Sohn,“ gestand der Siebzigjährige. „Bleiben wir auch hier in meinem Hause auf der Ebene, zu der uns das Spiel in St. Marien emporgetragen hat. Deinen Namen brauche ich meiner Tochter nicht mehr zu nennen. Das ist schon geschehen. Sie wollte – falsche Schublade aufgezogen! – ich kam zu der Überzeugung, daß es besser sei, keine Rätselposse mit ihr zu spielen.“

Johann Sebastian Bach nickte mit zweideutiger Zustimmung und sah Anna Margareta Buxtehudin an. Er brauchte Maria Barbara nicht zu bitten: ‚Steh mir bei!‘ Jetzt nicht und in den kommenden Tagen nicht. Denn die eulenhafte Anna Margareta konnte ebensowenig Jemand mit einer Nachtigall verwechseln, wie Irgendwer die zwanzigjährige Maria Barbara mit ihrer Nachtigallenstimme für eine Eule halten konnte. Dreißig Jahre sollte die Buxtehudin nach dem Kalender zählen? Bach hätte ihm eher geglaubt, wenn er behauptet hätte: ‚Vierzig, fünfundvierzig ist die dürre Weibsperson.‘ Zwar die Backen Anna Margaretas waren gerötet. Aber weil es, durch das Herdfeuer, von außen her und über das gebührliche Maß hinaus geschah, so sprang die Nase noch weiter als alltäglich aus dem eingefallenen Gesicht heraus. ‚Dieda,‘ fragte der erschreckte zwanzigjährige Arnstädter Organist sich, ‚muß man in Kauf nehmen, wenn man die Organistenstelle zu St. Marien antritt? Dieda habe ich, um besseres Brot und Unterkommen zu finden, für Maria Barbara eintauschen wollen?‘

Entgeistet sah Johann Sebastian Bach die leibhaftige Knochenbeilage zu der fetten Lübecker Organistenpfründe, Anna Margareta Buxtehudin, an.

Anna Margareta aber blickte nicht auf Johann Sebastian Bach sondern auf seine Hose. Vielleicht noch mehr als er, jedenfalls aber um nichts minder war sie durch die Tatsache verstört, daß ein wohlerzogener Junger Mann, der obendrein – Gott der Herr mochte wissen, warum – in unverzeihlich frühen Jahren schon Organist in einem Thüringer Nest war und höchstwahrscheinlich Nachfolger ihres weltberühmten Vaters in der mächtigen Hansestadt Lübeck werden wollte und damit also ihr Ehegemahl – daß dieser anmaßende Jüngling es wagte, mit einem Loch in der Hose vor der Tochter Dietrich Buxtehudes zum Abendessen zu erscheinen. So außer aller Fassung war die Buxtehudin geraten, daß sie mit der dampfenden Schüssel auf der Stubenschwelle stehen blieb.

Als Johann Sebastian Bach gewahrte, daß der Blick Anna Margaretas auf das Loch in seiner Hose gerichtet war, wollte er wie ein von der Mutter ertappter Junge die Hand darüber halten, dann – da er erkannte, daß Dies den Schaden nicht verbarg sondern hervorhob – das linke Knie, auf dem sich das Loch befand, unauffällig hinter das rechte Knie schieben. Weil es dafür aber zu spät war, stellte er plötzlich das linke Bein herausfordernd vor, beugte, damit man den Schaden so deutlich wie nur möglich sah, das Knie zu dem Eingeständnis: ‚Loch! Jawohl, ein Loch! Und zwar ein halbhandgroßes, richtiges, rechtwinkliges, sauberes Loch, durch das – wer will – das bloße Fleisch sehen kann.'

„Es ist nicht meine Schuld, wenn wir eine Viertelstunde zuspät essen," zerbrach Anna Margareta Buxtehudin schließlich das gefrorene Schweigen.

„Ich weiß," gestand Johann Sebastian Bach so höflich zu, wie es ihm irgend möglich war, „daß daran ich allein die Schuld trage."

„Wenn die Männer eine Ahnung hätten, wie schwierig es ist, die fertigen Speisen aufzuwärmen, wie sehr sie dadurch Geschmack und Ansehen verlieren, würden sie uns nicht immer wieder mit dem Essen stundenlang warten lassen."

„Da ich zwölf Tage lang quer durch Deutschland auf

Wanderschaft war," suchte der bedrängte Gast sich zu verteidigen, „so dauerte die Säuberung länger, als Euer Vater und ich bei unserm Auseinandergehen vermuteten, Jungfer Buxtehudin."

„Ganz scheint Ihr mit Eurer Herrichtung trotzdem nicht fertig geworden zu sein, Bach," sagte Anna Margareta spitz und blickte unmißverständlich auf das Knie Johann Sebastians.

„Ihr meint das kleine Loch da an meinem linken Bein? Das habe ich mir heute morgen in meine Hose gerissen, als ich vom Weg abwärts in den Wald ging und – weil ich nach einem dichten Gebüsch suchte, suchen mußte – an einem spitzen Dorn hängen blieb. An Dem da." Bach holte zum Beweis dieser Worte den Dorn aus seiner Rocktasche hervor. „Natürlich wollte ich das Loch zunähen, eh ich nach unten stieg. Aber da Euer Vater an meine Tür klopfte und versicherte, es eile des Essens wegen, bin ich mit der ungeflickten Hose gekommen; was ich mir zu verzeihen bitte."

„Du bist zum zweiten Mal oben gewesen?" fuhr Anna Margareta ihren Vater an.

Dietrich Buxtehude, der während dieses Gesprächs zwischen seiner leiblichen Tochter und seinem geistigen Sohn in dem Zimmer auf und ab gegangen war und nur mit den Fingern seiner auf dem Rücken verschränkten Hände geredet hatte, blieb auch jetzt stumm. Doch nickte er immerhin zustimmend mit dem Kopf.

„Obwohl ich es Dir ausdrücklich verboten hatte?"

Nun ließen sich Worte nicht mehr vermeiden. Der Vater versuchte also, seine Tochter zu beruhigen, indem er sagte: „Aber ich weiß doch, Anngretchen, wie ungern Du es siehst, wenn wir nicht pünktlich mit den Mahlzeiten anfangen."

„Also wollen wir jetzt essen oder wollen wir nicht essen? Wenn ich hier noch lange stehe, muß zum zweiten Mal gewärmt werden, was ich unserem Gast zu Ehren gekocht habe."

„Das ist das erste vernünftige Wort, welches Johann Sebastian Bach aus Deinem Munde hört, seit Du mit der

Schüssel aus der Küche gekommen und auf der Schwelle dort zur Zornsäule verwandelt bist."

Anna Margareta Buxtehudin ging von der Tür zu dem wohlgedeckten Tisch. Aber eh es geschah, traf den siebzigjährigen Vater aus den Augen seiner Tochter ein Blick, der – wie Bach mit Entsetzen und mit Schmunzeln feststellte – in der Tat einem Schauspieler, dem aufgetragen ist, verhaltenen Zorn darzustellen, alle Ehre gemacht hätte.

Man setzte sich zu Tisch. Das Essen war vorzüglich. Da Johann Sebastian Bach mit einem Bärenhunger aufwarten konnte, seit vielen Tagen seine Füße nicht mehr unter einen wohlgedeckten Tisch ausgestreckt hatte, kräftig einhieb und dieses Tatlob der Kochkunst des Hauses durch reichlich und freudig gespendetes Wortlob ergänzte, so blühte Anna Margareta Buxtehudin auf; nein, nicht: auf – denn Das wäre ein Weiter gewesen – sondern: so blühte sie nach und nach zehn Jahre zurück.

Als Johann Sebastian Bach zu wohlgemessener Zeit wieder in seinem Giebelstübchen angelangt war und sich im Dunkeln seiner Kleider entledigte, stieß sein Fuß unversehens gegen den Tisch. Da summte es – in ihm? oder außer ihm? oder gar in ihm und außer ihm zugleich? –: ‚Maria Barbara – –!'

Weil er jetzt nicht mehr spielen durfte, auch nicht einmal so leise wie vor drei Stunden am offnen Fenster, so beschloß der Arnstädter Organist zu St. Bonifatii seine Laute liegen zu lassen. Da er sie nicht zu sich heranholen konnte und wollte, machte seine Rechte sich auf den Weg, suchte, fand das Lautenband seiner Base Maria Barbara und strich darüber hin; so behutsam und zärtlich wie ein liebender Jüngling zum ersten Mal über das Haar eines geliebten Mädchens hingleitet.

Am anderen Morgen begann ein Musizieren Buxtehudes und Bachs, wie es St. Marien zu Lübeck noch nicht vernommen hatte.

Bald lehrte der Meister den Schüler – bald der Schüler den Meister. Jetzt saß der Lübecker spielend auf der Orgelbank und der Arnstädter wendete die Noten um, zog im rechten Augenblick die wirksamsten Register, koppelte Pedale und Manuale, löste sie zur gebotenen Sekunde – dann wieder stand hinter dem jungen Arnstädter der weißhaarige Lübecker, fuhrwerkte mit den Registern hin und her, mit den Koppelungen auf und ab, daß der Spielende immer wieder glückseelig lächelte.

Als eines Tages der Bälgetreter zur bestellten Stunde fehlte, ließ der Zwanzigjährige es sich nicht nehmen, dem Siebzigjährigen im Schweiße seines Angesichtes Wind zu machen, litt aber nicht, daß der Alte Herr späterhin den Sitz auf der Orgelbank zu seinen Gunsten mit der Bälgekammer vertauschte und ihm mit Hilfe seiner Beine und seines Körpergewichtes Wind zuführte. Kaum saß Buxtehude wieder spielend vor der Orgel und Bach, der ihn zur Rückkehr genötigt hatte, schickte sich an, eine zweite Stunde sein Windmacherwerk zu versehen, da kam der Bälgetreter, der sich um eine Stunde verhört hatte, gemächlich angestapft.

„Was?" fragte er lachend, als er seinen Stellvertreter pustend an der Arbeit sah. „Rock aus? Das hab ich bei unserm Ollen nicht nötig. Aberst wenn der Junge Herr anfängt, dann heißts auch bei mir: ‚Rock aus! In die Hände gespuckt! Und treten, was Du treten kannst! Treten! Nichts als treten!'"

Johann Sebastian Bach lachte, Bälge tretend, aus vollem Halse.

„Das Orgelspielen geht ja all ganz gut mit Ihm, Junger Herr. Nicht so als wie bei Buxtehuden. Aberst ordentlich, ganz ordentlich. Bloß: Zuviel Wind! Vielzuviel Wind!"

Bach lachte.

„Na, das gibt sich mit den Jahrn. Gibt sich Allens mit den Jahrn. Wenn wir zwanzig sind, hat Jederein von uns allerlei im Leib, was er loswerden muß; allerlei wovon mich und Vadder Buxtehude nix mehr kneift."

Bach lachte und trat für Buxtehude die Bälge – trat für Buxtehude die Bälge und lachte.

„So, nun ist Er da vorn aufgehalten. Fix runter von den Tretbalken! Daß ich raufkann, eh Vadder Buxtehude wieder anfängt."

Johann Sebastian Bach stieg ab, atmete tief und lange; der Bälgetreter stieg auf und machte sich zur Verrichtung seines Amtes bereit. Da die Orgel weiterhin schwieg, befahl er: „Marsch, nach vorn! Aberst ein bißchen fixing! Er lauert auf die Ablösung. Na, denn in Gottes Namen man gleich den Rock aus!"

Bach schüttelte verneinend den Kopf.

Der Bälgetreter sagte: „Das weiß ich nun aberst besser, Junger Herr!" und entledigte sich seines Rockes, um zu Allem bereit zu sein, wenn sein Herr und Meister von dem zugereisten jungen Organisten abgelöst war. Denn Der würde sicher, wie Viele vor ihm, die gute Organistenstelle Vadder Buxtehudes nicht nur haben wollen, sondern – nach der Dauer seines Besuches zu schließen – auch kriegen. Weil er anscheinend, wie bisher Keiner, bereit war, mit der kratzbürstigen Anna Margareta da unten vor den Traualtar hinzutreten. Als Bach auf die Bälgekammertür zuschritt, rief der Zurückbleibende: „Also sparsamer mitm Wind, Junger Herr! Ganz klein bißchen sparsamer. Ist nicht alle Tage im Sommer Gewitter. Braucht darum auch nicht bei jedem Stück Allens rausgerissen und Allens angekoppelt zu werden. Heißt in dem Buch der Bücher, unsrer alten guten Bibel, die es noch immer am Besten weiß: ‚Und siehe, der Herr ging vorüber und ein großer starker Wind, der die Berge zerriß, und die Felsen zerbrach, vor dem Herrn her, der Herr aber war nicht im Winde. Nach dem Winde kam ein Erdbeben; aber der Herr war nicht im Erdbeben. Und nach dem Erdbeben kam ein Feuer; aber der Herr war nicht im Feuer. Und nach dem Feuer kam ein stilles sanftes Sausen. Da das Elia hörte, verhüllte er sein Antlitz mit seinem Mantel, und ging heraus, und trat in die Tür der Höhle.' Denn, junger Brausewind, in dem stillen sanften Sausen war der Herr mittendrin."

Johann Sebastian Bach nickte, ging nach vorne, setzte sich anstelle seines Meisters und Lehrers auf die Orgelbank und spielte so sänftiglich, daß Dietrich Buxtehude sich mehr als einmal darüber verwunderte. Der Bälgetreter aber wußte, warum es geschah: Weil der Junge Herr ihm für sein anmaßendes Gerede einen Nasenstüber geben und den Beweis erbringen wollte, daß es nicht gut sei, den Rock auszuziehen, ehe man Gefahr läuft, ins Schwitzen zu geraten, sondern besser, genau darauf zu achten, daß man mit seinem Tun und Reden dem Notwendigen nur soweit vorauf sei wie die rotrockigen Vorreiter den Fürstlichen Herren, die bei Bürgermeister und Rat zu Besuch kamen. Aber obwohl es an diesem Morgen nicht nötig gewesen wäre, für den Nachfolger Buxtehudes in Hemdsärmeln Wind zu machen, zog der Bälgetreter den Rock doch nicht wieder an. Denn nach Draußen mußte man Recht behalten.

Indessen selbst dann, wenn Johann Sebastian Bach und Dietrich Buxtehude in St. Marien am Vormittag und am Nachmittag zu Gottes Ehren Musik gemacht hatten, Jeder nach seiner ureigenen Weise und doch zugleich Jeder immer mehr bereichert, vertieft, geklärt durch die Weise des Anderen, waren sie keineswegs von den Tönen gesättigt oder gar übersättigt. Wozu war ein rechter, gottwohlgefälliger Feierabend vorhanden, wenn nicht dazu: Musik zu machen! Bach und Buxtehude machten also Abend für Abend Musik. Und zwar Musik jener Art, die man törichterweise weltliche Musik nannte und die manchem Eiferer wenn nicht unrein und verwerflich, so doch minderen Grades und entbehrlich schien. Aber hatte nicht der Herr, als Petrus, der Eiferer, einen Menschen, den Gott schuf, für unrein, für verwerflich und minderen Grades hielt, ein vierzipfelig leinenes Tuch vom Himmel herunterfallen lassen, darin vielfüßige Tiere waren, wilde Tiere, Vögel, Gewürm, und als er sich weigerte, zu schlachten und davon zu essen, weil nie Gemeines und Unreines in seinen Mund gegangen sei, ihm zugerufen, zum ersten, zum andern und zum dritten Male: „Was Gott gereinigt hat, das mache Du nicht gemein!" Wie konnte also Musik, ob man sie auch weltlich schalt, außer Gott sein? Wenn es aber Musik gab, die außer Gott zu sein vermochte, so war es eben nicht Musik; sondern trotzdem, nein: weil sie verderbten Ohren lieblich einging, nichts als verführerisch, verwerflich teuflisches Geräusch. Denn einzig was an Klängen und

Widerklängen so beschaffen ist, daß es jederzeit, ohne sich schämen zu müssen, vor Gottes Ohren ertönen kann, um als ein Teil Seines Geistes und Wesens in Ihn heimzukehren, Das und nur Das verdient den Ehrennamen Musik.

Dietrich Buxtehude und Johann Sebastian Bach machten also neben der geistlichen, der kirchlichen Musik des Vormittags und des Nachmittags in St. Marien allabendlich weltliche, irdische Musik in dem Lübecker Organistenhause am Marienkirchplatz; Musik jener Art, die sich vor Gott mit keinem Ton zu schämen brauchte, sondern von ihm willkommen geheißen wurde als Teil seines unermeßlichen Wesens, dessen nicht zu zählende Schichtungen kein Mensch als Einheit zu sehen und nachzuleben vermag. Wohl aber Er Selber, der die Einheit im Vielfachen ohnegleichen, die Vielfalt ohne Maß und Zahl in der einfältigen Einheit ist.

Brauchten Johann Sebastian Bach und Dietrich Buxtehude einen dritten Spieler – und der Schüler drang darauf, daß immer wieder die Trio-Sonaten seines Meisters, die in e-moll, a-moll und D-dur erklangen – so mußte Anna Margareta Buxtehudin sich an das Spinett setzen. Sie hielt nicht nur, während Bach die Geige und Buxtehude die Gambe spielte, mit den beiden Triokünstlern, dem Siebzigjährigen und dem Zwanzigjährigen, in Takt und Klang gebührlich Schritt, sondern wenn – statt wie am Abend der ersten Begegnung von außen her das Herdfeuer – von innen her das Spielfeuer ihre Wangen rötete, dann wurde ihr Gesicht durchaus erträglich; es wäre sogar als in strengem Sinne schön erschienen, falls der Eulenschnabel, der unverändert daraus hervorsprang, sich durch eine echte und rechte Jungfrauennase hätte ersetzen lassen.

Bach sah Beides. Also konnte er, da er Zeit seines Lebens nach außen und – was schwerer ist – nach innen ein aufrechter Kerl war, nicht umhin, sich wegen seines unziemlichen Verhaltens gegen Anna Margareta am Ankunftabend ernsthafte Vorwürfe zu machen. Vielleicht wäre die Buxtehudin, sagte er sich, ein rechter Mensch und womöglich gar – soweit Das in ihrem fraulichen Vermögen lag – eine annehmbare Jungfrau geworden, wenn man sie nicht Jahre hindurch den orgelnden Jungen Männern Deutschlands feilgeboten hätte. Wie konnte es anders sein, als daß selbst das Herz eines weichmütigen Mädchens verhärtete, dem immer wieder Dies geschah: Ein musizierender Jüngling reist von weither nach Lübeck, um Nachfolger des berühmten Dietrich Buxtehude zu werden; prüft Anna Margareta, seine Tochter, mit Blicken, die sich im Wesentlichen nicht von denen unterscheiden, mit welchen die Schlächter im Stall ein Stück zu erhandelndes Vieh abschätzen; schüttelt den Kopf und reist nach einigen Tagen mit der Versicherung ab: ‚Die Organistenstelle ist gut in Fett und Fleisch; aber sie wird von einer grobknochigen Bedingung getragen. Ich komme nicht auf meine Kosten dabei. Danke schön. Vielleicht macht ein anderer das Geschäft? Ich muß bedauern.'

Er, Johann Sebastian Bach, jedenfalls konnte, nachdem der – zu einem guten Teil durch sein Verschulden – mißglückte erste Empfang auf beiden Seiten verwunden war, keinerlei Klage gegen Anna Margareta mehr erheben. Schon am zweiten Morgen hatte sie lächelnd zu ihm gesagt: Er habe allerdings das Loch in seiner Hose mit Nadel und Zwirn, die er sich in der Stadt gekauft hätte, statt sie von ihr zu erbitten – was leichter und billiger gewesen wäre – selbsthändig geheilt. Aber ihre Hausfrauenaugen könnten die Stümperei, welche er sich dabei geleistet habe, nicht länger mitansehen. Schämen müsse sie sich allemal, wenn der Gast ihres angesehenen Vaters über die Straße gehe. Denn falls Bach so seine Takte aneinanderfüge, wie er dort auf dem linken Knie seine Nadelstiche zusammengestuchelt hätte, würde sein Lübecker Meister und Lehrer nicht die erste Notenblattseite eines Stückes mit ihm zu Ende spielen. Also wenn er ihr seine Hose anvertrauen wolle, werde sie die Zwirnsfäden durchschneiden, herausziehen und ihm das Loch mit passender Wolle stopfen – stopfen! nicht zusammen reistern wie ein Schuster das Leder mit Pickdraht! –, so stopfen, daß auf zwei Schritt Entfernung kein Mensch mehr sehen und sagen könne: „Dort an dem linken Knie war ein Loch!"

Darauf Er: „Ich habe nur die Eine Hose, Jungfer Buxtehudin."

Und Sie: „Dem Schaden kann dadurch abgeholfen werden, daß die – – Hose abends an die Tür gehängt, vom Vater vor Nacht, schlecht geflickt, abgeholt und des Morgens, gut geflickt, wieder auf den Türdrücker gehängt wird."

Hinwiederum Er: „Danke, Anna Margareta."

Und wiederum Sie: „Wird die – – Hose heute Abend auf dem Türdrücker hangen, wenn der Vater nach oben steigt, sie für mich zu holen? Versteht meine Frage recht, Johann Sebastian Bach. Ich möchte nicht, daß er den Weg umsonst macht. Denn jede Treppe, die er mit seinem Alter auf dem Nacken emporsteigt, kostet ihm eine Stunde seines Lebens."

Daraufhin zum Beschluß Er: „Ja, heute Abend, Anngret."

Die Hose war, nachdem der Tag zu Zweien und zu Dreien verspielt wurde, vor die Tür seines Giebelstübchens gehängt worden. Vater Buxtehude hatte sie, da Bach schon schlief, abgeholt, da Bach noch schlief, wiedergebracht; und es war nicht nur seine reisterige Männerprünerei verschwunden, sondern das Loch auf dem Knie so meisterhaft gestopft, daß man es keineswegs nur, wie die Buxtehudin versprochen hatte, auf zwei Schritt nicht mehr erkennen konnte, sondern – statt mit den Augen – mit der Nase darüber hinfahren mußte, wenn man feststellen wollte: Hier war es.

Nähen – Ia, Kochen – Ia, Stubensäubern – Ia, Spinettspielen – gut und brav: Die Waagschale Anna Margaretas, die anfangs hoch in der Luft hing, begann sich zu senken. Also schwebte die Schale Maria Barbaras, darauf lag: Schönes Gesicht – Liebliches Wesen – Sopranstimme wie ein Engel! langsam in die Höhe. Während der ersten Jahre einer Ehe waren ohne Zweifel Schönes Gesicht und Liebliches Wesen höchst willkommene Lebenszugaben. Jedoch später, wenn die Kinder kamen – denn welcher Bach hatte ihrer nicht fast ein Dutzend? – dann waren Nähen, Kochen, Stuben- und Sonstiges-Säubern die Hauptsache für eine Ehefrau, deren Aufgabe darin bestand, das Dasein auf Erden ihrem Mann zu einem Vorschmack des Himmels zu machen.

Als Anna Margareta aber am vierten Abend zu Johann Sebastian Bach sagte: Er habe, wie sie des Morgens beim Bettmachen festgestellt hätte, eine Laute auf seinem Zimmer liegen; ob er sie im Lautenspiel unterrichten wolle, darin sie von dem Vater nicht unterwiesen sei? da hatte er geantwortet: „Nein! – Ihr müßt mich recht verstehen. Ich bin auf der Laute ein Stümper. So daß Ihr, wenn ich Ja sagte, an mir einen schlechten Lehrer hättet."

„O," erwiderte die Buxtehudin, „was ich manchmal hörte, wenn Ihr die Saiten zupftet, so leise Ihr auch spieltet, gut hörte, da mein Schlafzimmer unter Eurem Giebelstübchen liegt, das klang mir nicht nach Stümperei."

„Doch," wies Bach die dreißigjährige Jungfer ab, „Stümperei, nichts als Stümperei! Da Ihr nicht Laute spielen könnt, muß ich es besser wissen als die in allen Hauskünsten allerdings wohlerfahrene Tochter Dietrich Buxtehudes."

„Vielleicht ist die Laute ein Geschenk von lieber Hand?" stichelte Anna Margareta. „Ein Geschenk, das meine Finger entweihen würden, wenn sie ungeschickt an ihren Saiten herumzupfen."

„Nein. – Wie kommt Ihr übrigens zu Eurer falschen Vermutung?"

„Es hängt ein buntes Band daran." – „Allerdings."

„Ein Band solcher Art, daß bis zu meiner Vermutung kein weiter, unsicherer Weg war. Vielleicht heißt die Spenderin des bunten Lautenbandes gar Maria Barbara? So wie Ihr mich am ersten Abend nanntet, als Ihr zuspät zum Essen kamt. Was übrigens – zu Eurer Ehre sei es festgestellt – seitdem nicht ein einziges Mal mehr vorgekommen ist. Stimmts? Ich meine nicht das Zuspätkommen beim Essen. Sondern das Andere. Stimmt es, daß die Stifterin der Laute und wenn nicht die Stifterin der Laute, dann doch die Spenderin des bunten Lautenbandes Maria Barbara heißt?"

Johann Sebastian Bach schwieg.

„Es ist übrigens sehr schön, das bunte Lautenband der Maria Barbara," nahm Anna Margareta das Gespräch wieder auf.

„Hoffentlich ist es auch sauber und ordentlich gewoben?" stichelte nun Bach.

„Es sind – ja, ich betrachtete mir das bunte Lautenband Eurer Maria Barbara sehr genau – sind drei Prudel darin. Nein, nicht drei. Nur zweieinhalb. Ich aber getraue mich, Euch ein Band für Eure Laute so sauber und ordentlich zu weben, daß es ohne jeden Prudel und Makel wäre."

„Auch eines, das so wunderschön ist wie das bunte Lautenband der Maria Barbara Bachin, meiner leibhaftigen Base?"

Da schwieg Anna Margareta Buxtehudin.

Vom Lautenspiel war zwischen Johann Sebastian Bach und der Tochter Dietrich Buxtehudes fortan nicht mehr die Rede.

Aber auch von dem Anderen, von dem eigentlichen Zweck seiner Reise, von dem, was Bach vor sich selber als den besonderen, in seinem bisherigen Lebensumkreis geheim gehaltenen Zweck seiner Wanderung nach Norden ausgegeben hatte, war bisher mit keinem Wort die Rede, wurde weiterhin mit keinem Wort gesprochen: von der Bewerbung des Organisten zu St. Bonifatii in Arnstadt, genannt die Neue Kirche, um die Organistenstelle zu St. Marien in Lübeck.

Dietrich Buxtehude schwieg, weil er von dem Musizieren mit Bach so hingenommen war, daß er darüber seine siebzig Jahre, die Notwendigkeit, beizeiten einen würdigen Nachfolger zu suchen, den Wunsch des Senates nach einer Neubesetzung seines Amtes und die Bedingung für die Amtsübernahme vergaß. Er gelangte nicht nur übertag auf der Orgelbank und am Abend, wenn er die Gambe zwischen den Knieen hielt, in das verlorene Jugendparadies seiner Hoffnungen und Wünsche zurück, sondern an Hand dieses Schülers und Weggefährten stieg er mehr als einmal zu der Spitze seines Berges Nebo auf, von dem aus er das verheißene Land der Erfüllung des Deutschen Orgelspiels weitgebreitet zu seinen Füßen liegen sah.

Johann Sebastian Bach schwieg, weil seit dem Lautengespräch die Schale der Anna Margareta Buxtehudin sich mit einem Ruck zu ihren Ungunsten wieder gehoben, die Schale der Maria Barbara Bachin aber sich zu deren Gunsten bedeutsam und unverkennbar gesenkt hatte. Auch wurde ihm mit jedem Tag und jeder Nacht klarer, in wieviel tieferem und umfassenderem Sinne Das, was er so genannt hatte, den eigentlichen, „lebenentscheidenden" Zweck der Pilgerfahrt nach Lübeck ausmachte: festzustellen, ob es ihm möglich war, seinem Werk und Wesen dadurch den Weg freizumachen, daß er sich einer Menschenbedingung fügte, die mit Beidem im Innersten nichts zu schaffen hatte.

Denn falls er dieses bedeutsame Mal um seines Unterhaltes, um eines Amtes, um der größeren und schnelleren Wirkung, mit Einem Wort: um des Leichterhabens willen seinen Kopf unter das Menschenjoch beugte, statt auf die innerste Stimme seines Herzens zu horchen, statt der unbeirrbaren Stimme seines Gewissens zu folgen, würde er niemals den Nacken wieder ganz gerade recken, niemals mehr ohne ein Gefühl der Scham sich selber in die Augen sehen können. Die Entscheidung, um die es ging, hieß für ihn nicht: Anna Margareta – Maria Barbara. Aber in der Entscheidung seiner Liebe, die ihn nur zu einem Teil erfüllte, würde wie in einem weithin leuchtenden Zeichen sichtbar werden, welche Entscheidung er in Dem traf, was sein eigentliches Wesen und Wollen ausmachte: Gottes Ehre so rein und stark, so unverdorben und mächtig, so hingenommen und gewaltig mit Tönen zu singen, wie es je einem Menschen möglich war, wie es je einem Menschen möglich sein würde.

Als Johann Sebastian Bach acht Tage lang bei Dietrich Buxtehude zu Gast war, da sagte Anna Margareta, die den Wechsel der Schalen an der Gunstwaage sogleich gewahrt hatte – o, klug war sie! klüger als drei in Eins gebackene kluge Magister! – des Abends unvermittelt: Nun müsse Bach, so leid es ihrem Vater tun werde, doch wohl an das Abreisen denken.

„Warum?" fragte Johann Sebastian Bach, aus dem Duospiel mit seinem Lehrmeister aufgeschreckt.

„Abreisen – – ja, warum denn?" wollte auch Dietrich Buxtehude wissen.

„Weil Bach von seinem Hohen Consistorio nur einen Monat Urlaub erhalten hat," lautete die Antwort. „Zwölf Tage brauchte er zur Herwanderung. Acht Tage ist er nun schon in Lübeck. Zwölf Tage wird er zu der Rückwanderung brauchen; wobei als möglich, aber durchaus nicht gewiß, vorausgesetzt ist, daß er zwei Tage und eine Nacht lang in einer südwärts fahrenden Kutsche sitzen kann. Zwölf und Acht und Zwölf sind nach meiner Rechnung 32. Der Monat Oktober hat auch anno 1705, ebenso wie in den voraufgehenden und den kommenden Jahren, 31 Tage. Also kommt Bach, selbst wenn er morgen in aller Herrgottsfrühe abreist, ohnehin schon einen Tag zu spät in Arnstadt an. Daß er aber empfindlich bestraft wird, wenn er seinen Urlaub auch nur um eine Stunde überschreitet, hat er uns mehr als einmal erzählt."

„Dann wird es also wohl sein müssen, daß er abreist," seufzte Vater Buxtehude.

Aber Johann Sebastian Bach erwiderte: Er denke nicht daran, Lübeck zu verlassen. Sein Vetter vertrete ihn nach jeder Richtung hin so würdig, daß es dem Hohen Consistorio vollkommen gleichgiltig sein könne und gleichgiltig zu sein habe, ob in Arnstadt Johann Ernst Bach oder Johann Sebastian Bach auf der Orgelbank zu St. Bonifatii sitze. Und wenn er selber sich auch, ohne überheblich zu sein, rühmen dürfe, daß er besser spiele als sein Vetter, für die Arnstädter sei Dessen Spiel trotzdem noch um Vieles zu schade. Bach sei nun einmal Bach; gleichgültig ob Johann Sebastian oder Johann Ernst.

Johann Sebastian Bach blieb also weiterhin – studienhalber, wie er behauptete – in Lübeck; und zwar in dem Hause Dietrich Buxtehudes. Denn seinen Vorschlag, daß er jetzt, nachdem er schon länger als eine Woche ihr Gast gewesen sei, in ein Wirtshaus umziehen dürfe, alldieweil das dankenswerte Anerbieten, bei Buxtehudes zu wohnen, unter anderen Voraussetzungen als denen gemacht sei, die sich jetzt ergeben hätten, diesen Vorschlag des Umzuges in eine öffentliche Gaststätte lehnten Vater und Tochter einmütig ab. Der Vater, weil er ohne seinen Meisterschüler nicht eine Minute weniger als unumgänglich notwendig war, musizieren mochte, die Tochter, weil sie sich das Bleiben des in einem gewissen Punkte offenbar sehr schüchternen blutjungen Arnstädter Organisten zu ihren Gunsten deutete. Gewiß, das bunte Lautenband war verdächtig. Aber hatte Johann Sebastian nicht nachdrücklich betont, es stamme von einer seiner vielen Bach-Basen? Verwandtschaftliche Zuneigung konnte sehr wohl der Grund jener bedenklichen Spende sein; nicht aber jene andere Herzensneigung, von der Anna Margareta bisher nur den Namen kannte, jedoch Tag um Tag mehr hoffte, ja mit guten Gründen glaubte, daß sie nun, mit den Dreißigen, auch bei ihr einziehen werde.

Wie während des Monats Oktober so spielten auch während des Monats November Johann Sebastian Bach und Dietrich Buxtehude tagüber in St. Marien, des Abends in dem Organistenhause am St. Marienkirchplatz: einander lehrend, richtend, betreuend, unterstützend. Anna Margareta Buxtehudin, die auf dem Spinett allabendlich mehr und mehr an dem Spiel der Beiden teilnahm, machte solche Fortschritte, daß nicht nur ihr Vater sie wiederholt lobte, sondern in das Lob hin und wieder auch ihr Gast einstimmte, der in der Stadt allgemein als der Bewerber um die Nachfolgerschaft Buxtehudes und damit als sein zukünftiger Eidam galt, obwohl auch weiterhin weder über das Eine noch über das Andere zwischen den Dreien, die es betraf, ein Sterbenswort gewechselt wurde.

In der zweiten Hälfte des November stieß Dietrich Buxtehude eines Abends, als er nach stundenlangem Triospielen den Gambenbogen aus der Hand legte, plötzlich hervor: Es werde ihm schwer zu sagen, was er jetzt aussprechen wolle – aber so schön das Spielen zu Dreien hier im Hause und zu Zweien drüben in St. Marien auch sei – es ließe sich nicht mehr unterdrücken – sondern es bleibe nichts übrig, als es rundheraus zu sagen – dies nämlich: Johann Sebastian Bach müsse abreisen – – Zwei Monate wären nun schon fast aus dem Einen Monat geworden, den er von Arnstadt fortbleiben dürfe. Wenn es kein Unglück geben solle, dann – vorausgesetzt, daß das Arnstädter Unglück überhaupt noch zu verhüten sei –

dann heiße das Gebot, dem sein Sohn im Geiste, seine leibliche Tochter und er selber sich schweren Herzens zu fügen habe: Abreisen!

„Jetzt?" fuhr Johann Sebastian Bach auf; „jetzt abreisen? Wo wir wochenlang die Trauerfeier für den verstorbenen und die Jubelfeier für den neuen Kaiser auf der Orgel, mit dem Orchester und den Chören vorbereitet haben? Wie soll sie gelingen, wenn ich bei jener nicht die Bratschen führe, bei dieser nicht auf der Orgelbank sitze, daß anstelle des Director Musices, der ein guter Kerl aber ein mittelmäßiger Musikant ist, Ihr selber den Taktstock schlagt, Vater Buxtehude? Jetzt abreisen? Ausgeschlossen!"

Anna Margareta Buxtehudin war enttäuscht. Sie hatte erwartet, daß nun endlich die Entscheidung fallen und ihr zweimonatiger Hausgast erklären werde: ‚Was kümmert mich die Organistenstelle zu St. Bonifatii in Arnstadt? Zurückkehren? Niemals. Denn ich bin gewillt, mich morgen schon um die freiwerdende Organistenstelle zu St. Marien in Lübeck zu bewerben. Versteht sich, unter Anerkennung jener Bedingnisse, die von dem Senat der Freien und Hansestadt an der Trave für die Nachfolgerschaft Buxtehudes aufgestellt worden sind.' Aber kein Wort von all denen, welche nach der Annahme der dreißigjährigen Buxtehudin locker lagen, fiel. Was war Das für ein Mensch, den sie nun schon siebeneinhalb Wochen lang beherbergten? Spielte Musik, machte Musik, sprach von Musik, von nichts als Musik. Aber in Musik konnte man sich nicht kleiden; Musik konnte man nicht essen, nicht trinken; mit Musik konnte man nicht bezahlen, was zu dem Unterhalt des Leibes auch der größte aller Musikmacher für sich, für Frau und Kinder brauchte, die ebenfalls im Leibe – nicht als Seelen – über die Erde gingen. Denn so wenig man Musik zu essen und zu trinken vermochte, so wenig konnte man sie ehelichen und zur Mutter seiner Kinder machen. Das Leben würde dem zwanzigjährigen Feuerkopf, dem Musik nicht nur das A und M und Z des Daseins war, sondern auch alles, was dazwischen lag, noch viel Alltagswasser auf den Kopf gießen, ihn noch tüchtig knuffen und beuteln müssen, bis er erkannte: Der Mensch lebt nicht von Musik allein; so gut und schön es auch ist, daß er Musik zu Ehren Gottes und zu der Menschen Ergötzung macht.

Anna Margareta Buxtehudin war enttäuscht; Dietrich Buxtehude aber, der insgeheim befürchtet hatte, was Bach als unmöglich aussprach, war beglückt. Ja, gestand er zu, gegen diese Gründe für das weitere Fernbleiben seines besten, seines unvergleichlichen Helfers von Arnstadt, ließe sich nichts sagen. Aber unmittelbar nach der Doppelfeier für die beiden Kaiser müsse er abreisen. Nicht etwa um seiner und seiner Tochter willen. Sie würden ihn gerne bei sich behalten, solange er bleiben wolle, als Gast und – und – – Jedoch um seiner eigenen Zukunft willen könne die Abreise nach Arnstadt unter keinen Umständen länger hinausgeschoben werden als bis in die ersten Dezembertage.

Am Mittwoch, dem 2. Dezember 1705, fand die Trauerfeier für den im Mai des selbigen Jahres verstorbenen Kaiser Leopold I. zu St. Marien statt. Da die Aufführungen Dietrich Buxtehudes seit Langem weit über Lübecks Mauern hinaus berühmt waren, hatte diese „extra ordinierte Abendmusic" solchen Zulauf, daß zwei Korporale und achtzehn Stadtsoldaten aufgeboten werden mußten, um an den beiden Kirchentüren die Ordnung aufrecht zu erhalten. Nicht nur der allerletzte Sitzplatz war in Anspruch genommen, sondern noch in den Gängen standen die Zuhörer dichtgedrängt. Die Kirche hatte man sorglich zum Mittrauern hergerichtet. Kein Blaker, der nicht schwarz verhangen war; kein Lichtlein, von dessen metallenem Halter nicht ein Trauerflor herabhing. Die Sänger-Knaben und Lehrer der Katharinenschule standen vor der Orgel. Die vierzig Instrumentalisten hatte man zu beiden Seiten von ihnen verteilt und zwar, da die Empore für sie nicht ausreichte, so, daß einige auf den Seitengalerien Platz nehmen mußten, die Sonntags den Kirchenbesuchern gehörten. Zur Aufführung gelangte Dietrich Buxtehudes „Castrum doloris". Die Posaunen, die Trompeten waren gestopft. Alle Saiteninstrumente – Geigen und Bratschen, Gamben und Bässe – spielten mit Dämpfern. Als der erste

Ton erklang, war eine Stille in dem gewaltigen Gotteshause, daß man die Engel im Himmel atmen hören konnte. Viele Hunderte von Herzen, durch die Macht der Musik zu Einem großen Herzen geeint, fühlten unter Erschauern die Unerbittlichkeit des Todes, klagten um die Vergänglichkeit alles Irdischen, weinten über das Los der armsäligen Menschen, zu dem auf seinem Sterbebett auch der Kaiser Deutschlands geworden war, baten Gott um Trost, um Hilfe, um Gnade für ein ewiges seeliges Leben.

Auf der Orgelbank saß der fast siebzigjährige Schöpfer des Werkes, an dem ersten Pult der Bratschisten saß, zwanzigjährig, Johann Sebastian Bach.

Schon am Abend des nächsten Tages fand die Jubelfeier für den neuen Deutschen Kaiser Joseph I. statt. War die Kirche diesmal auch nicht bis auf den letzten Platz gefüllt, wiederum hatten sich viele Hunderte eingefunden, um Buxtehudes „Templum honoris“ zu hören. Keine Säule war mehr schwarz umwunden, kein Blaker dunkel verhängt, keine Kerze wehmütig beflort. Hell erstrahlten unzählige Lichter und spiegelten sich gesteigert, gemehrt in Messing und Silber und Gold. Die Posaunen tosten. Die Trompeten schmetterten, Bässe und Gamben und Bratschen sangen ungehemmt. Die Geigen jubilierten sich mit ungedämpften Tönen, zu Ehren des Neuen Oberhauptes des Heiligen Deutschen Reiches, in den Himmel hinauf.

Nun schlug, da der gute, aber allzunachgiebige Director Musices den Wogen der Jubelchöre nicht zeitgebend gewachsen gewesen wäre, Dietrich Buxtehude den Takt. An der Orgel saß statt seiner Johann Sebastian Bach und spielte mit so hinreißender Gewalt, mit so strahlendem Glanz, wie St. Marien zu Lübeck es weder vorher noch nachher vernommen hat.

Daß der Bälgetreter, um den nötigen Spielwind zu beschaffen, nach seinem Rock auch das Unterwams noch auswerfen mußte und trotzdem, als der letzte Ton verklungen war, dampfend dastand, wußte und erfuhr Niemand; nicht einmal Der, welcher die Orgel schlug. Denn der Alte in seiner Bälgekammer stellte für sich allein fest: „Donnerwetter, das haben wir Beide aber fein gemacht, ich und der Junge Herr! Bannig fein. Dafür lohnts, den Rock, und mehr noch, auszuziehn und trotzdem seinen Schweiß auf die Tretbalken klacken zu lassen. Wär Kaiser Joseph in St. Marien gewesen, er würde uns Beiden zur Belohnung jetzt einen Taler mit Seinem Bild geben. Dann aber trät ich vor Ihn hin und sagte: ‚Nein, Herr Majestät, Das ist nicht richtig so. Ich muß zwei Taler haben, wenn der Junge Herr Einen kriegt. Denn ich hab mit meinem ganzen Leib Musik gemacht und mich viel mehr dabei angestrengt als Bach, den sie Johann Sebastian nennen, und welcher nur mit seinen Fingers und mit seinen Zehenspitzens gespielt hat.'"

Auch nach der Feier für die beiden Deutschen Kaiser, den verstorbenen und den neuerwählten, reiste Johann Sebastian Bach nicht ab.

Dietrich Buxtehude, dem Bachs innere und äußere Hilfe unentbehrlich geworden war, freute sich dessen von Herzen und machte aus dieser Freude nicht den geringsten Hehl. Anna Margareta Buxtehudin hoffte mit jedem neuen Tage, den ihr Gast blieb, gewisser und beglückter, daß die Herzensdinge sich doch noch zu ihrem Guten wendeten, Bach für immer bleiben und den Vater um ihre Hand bitten werde; nicht weil dies als Vorbedingung für die Übernahme der Orgelstelle zu St. Marien zu gelten hatte, sondern weil er nach und nach dem selben Gefühl erlegen war, das über sie gleich am ersten Abend Macht gewann: der Liebe. Von ihrer Freude über das Bleiben Bachs, gar von ihrer Herzenshoffnung ließ die dreißigjährige Buxtehudin freilich Niemanden das Allergeringste spüren. Denn sie war der Menschen Einer, die stets, sobald ihr Licht aufzuleuchten beginnt, die Hand davor halten und sich hinterher wundern, wenn die Anderen sagen, daß sie dunkel seien und nicht zu leuchten verständen.

Mitte Dezember kam heran – Bach blieb. Weihnachten rückte in das Land – Bach, der bei den Festmusiken Buxtehudes unentbehrlich war, feierte es zu Lübeck in St. Marien und in dem Organistenhause am St. Marienkirchplatz. Als das Jahr 1705 zur Neige ging und Bach sich noch immer an dem Ufer der Trave aufhielt, meinte er selber: Ja, nun werde es denn doch wohl allgemach Zeit, daß er sich nach Arnstadt hin auf die Beine setze und seinen Vetter Johann Ernst im Orgelspiel zu St. Bonifatii ablöse.

„Hm – –" war alles, was Dietrich Buxtehude als Antwort hervorbrachte; und Bach konnte diesen Laut so deuten, wie es seinem Herzen am Genehmsten war, als Zustimmung oder Widerspruch, als Selbstverständlichkeit oder Verwirrung, als Gelassensein oder Trauer. Über die Lippen Anna Margaretas kam nicht der leiseste Laut; obgleich ihr Herz schrie: ‚Nun noch, Johann Sebastian? Nun doch noch fort? Nun, wo ich gewiß war, Du würdest bleiben? Für immer bleiben!'

Johann Sebastian Bach sagte: Also wollten sie in gemeinsamem Einverständnis seine Abreise auf den 2. Januar anno 1706 festsetzen; denn die Abendmusik am Sylvester-Nachmittag und die Morgenmusik am ersten Tage des Neuen Jahres müsse er noch mitmachen.

Da riß sich Alles, was die Buxtehudin gewaltsam in sich niedergehalten hatte, mit einem Ruck los und ein Blick – Schmerz und Jubel, Verzweiflung und Hoffen, Verzicht und Begehren zugleich – traf Bach, daß ihr Vater fragte: „Ist Dir nicht wohl, Anngretchen?" Worauf die Tochter, überzeugt, daß sie die Wahrheit sage, zur Antwort gab: „Sehr wohl ist mir." Denn sie sah nicht, wollte nicht sehen, daß diesmal – im Gegensatz zu früher – Bach seine Abreise festgesetzt hatte. Sie sah nur, wollte nur sehen, daß er noch einige Tage blieb. Mit jedem Tag aber, den der junge Arnstädter Organist in Lübeck verzog, wurde der Graben der Urlaubsüberschreitung breiter. Der war ohnehin mit einem Sprung nicht mehr zu nehmen. Ob eine Brücke hinübertrug, ließ sich aus der Ferne nicht feststellen. Gewiß hingegen war: Bis zum zweiten Januar des Neuen Jahres, bis anno 1706, blieb Johann Sebastian in Lübeck, unter dem Dach seines Meisters Buxtehude; blieb, obwohl er bereits Ende Oktober 1705 zurücksein sollte; blieb bei ihrem Vater und bei ihr. Die Tage bis dahin, der 2. Januar selber, der vorgesehene Abschiedstag, konnten manches Unvorhergesehene, konnten bedeutsame Überraschungen bringen. Wer weiß – –?

In der Tat reiste Johann Sebastian Bach auch an dem von ihm selber bestimmten Tage des Neuen Jahres nicht ab. Er blieb die erste Januarwoche, blieb die zweite Januarwoche, blieb die dritte Januarwoche. Nun suchte er nicht mehr nach Gründen für sein Bleiben. Er blieb. Das hatte in sich selber Grund und Ursache genug.

Anna Margareta Buxtehudin hingegen sah mit unbeirrbarer Sicherheit den Grund dafür, daß Bach sein Abreisewort nicht hielt. Sein Herz – darin lag der Grund – hatte sich ihr zugewandt. Während es mehrere Male so gewesen war, daß die früheren Bewerber auf die Organistenstelle Buxtehudes verzichteten, weil sie seine Tochter nicht ohne Liebe zu der Ihren machen wollten, gab es nun keinerlei Schwierigkeiten. Denn Johann Sebastian würde sie nicht zum Weibe nehmen, weil er die Organistenstelle an St. Marien begehrte; sondern weil er die Tochter Dietrich Buxtehudes, wie sein – im anderen Falle ungebührliches – Bleiben bewies, aus Liebe als die Seine begehrte, würde er die Nachfolgerschaft ihres Vaters auf der Orgelbank annehmen.

Am ersten Tage der vierten Januarwoche 1706, als Anna Margareta Buxtehudin ihrer Sache, daß nun endlich der Nachfolger des Vaters und ihr zukünftiger Gatte in der gleichen Gestalt gefunden sei, völlig sicher geworden war, sagte Johann Sebastian Bach, nachdem sie länger und schöner zu Dreien gespielt hatten als je, unvermittelt und laut: „Morgen früh reise ich ab."

Dietrich Buxtehude schwieg.

Seine Tochter aber rief:

„Nein!"

„Doch," wiederholte Bach. „Morgen früh, wenn es von St. Marien herunter Sechs schlägt."

Anna Margareta Buxtehudin sprang auf, lief zu der Tür, durch die Johann Sebastian Bach sie am ersten Abend, vom Herdfeuer und dem Unwillen über seine Verspätung gerötet, mit der dampfenden Schüssel hatte kommen sehen, blieb wiederum auf der Schwelle der geöffneten Tür stehen und sagte: „Ihr wißt wohl nicht, was Ihr in den verwichenen vier Monaten angestellt habt? Nun noch abreisen, wo wir Beide durch Euer Verhalten in aller Mäuler sind, das ist eine – eine –“

„Margareta!“ rief Buxtehude seine Tochter an.

Anna Margareta, die nun wieder das Eulengesicht hatte, welches Bach am ersten Abend erschreckte, schwieg, wandte sich und wollte stumm von dannen gehen.

Der Angeschuldigte jedoch sandte Worte hinter ihr her, die Silbe für Silbe Öltropfen in das Zornfeuer waren, das sie löschen wollten: „Aber, Anngretchen. So darfst Du nicht fortgehen. Ich muß heute Abend von Dir Abschied nehmen. Und Dir für all das Schöne danken, das Du mir schenktest. Morgen früh wird es nicht mehr möglich sein. Denn Du bist noch nicht aufgestanden, wenn ich heimwandere.“

„Das ist meine Antwort an Euch, Herr Johann Sebastian Bach!“ kreischte die Buxtehudin, schlug die Tür hinter sich zu und war verschwunden.

Die beiden Männer, welche in dem kerzenbeleuchteten Zimmer des Organistenhauses am Marienkirchplatz zu Lübeck zurückblieben, der Siebzigjährige und der Zwanzigjährige, schwiegen lange.

Dann wollte Johann Sebastian Bach beginnen, sein auf den ersten Blick allerdings sonderbares Verhalten zu erklären und zu entschuldigen. Er hätte manchen guten Grund für sich ins Feld führen können: Daß er sich selber beim Beginn seiner Pilgerfahrt über ihren Zweck getäuscht habe; denn obwohl er es sich anders vorgeredet hätte, nur ums Lernen, um seine Vervollkommnung durch das Spiel und die Werke Buxtehudes sei es ihm in dem Grunde seines Herzens zu tun gewesen – daß er niemals im kalten grauen Norden heimisch werden könne; alldieweil wer ein Thüringer sei, ein Thüringer auch bleibe und nur auf Thüringens Bergen und im Emporblick zu ihnen atmen könne – daß ihm erst in Lübeck bewußt geworden wäre, wie tief und unverbrüchlich er seine Base Maria Barbara liebe – daß man einem Herzen durch die Vernunft weder befehlen könne noch dürfe – daß es Sünde an Anna Margareta sei, wenn er sich mit ihrer Ehelichung die Organistenstelle zu St. Marien erkaufe, Sünde an ihr und an Gott, der uns gebiete, gerade Wege zu gehen – daß er mit seiner Urlaubsüberschreitung schwere Schuld auf sich geladen habe und nun also nicht feige in Lübeck zurückbleiben, den Arnstädtern nicht ausrücken wolle, sondern die Absicht habe, diese Schuld von Angesicht zu Angesicht vor seinen Richtern als eine unausbleibliche Folge ihrer größeren Schuld zu vertreten – daß – daß – –

Aber Dietrich Buxtehude schnitt Bach die Reuerede nach den ersten unmißdeutbaren Silben ab, indem er sagte: „Wir Beide wollen nicht mit Worten voneinander Abschied nehmen."

„Sondern?" fragte, obgleich er die Antwort wußte, Johann Sebastian Bach.

„Mit Tönen."

„Ja, Vater, Eure Trio-Sonate in D-dur wollen wir zum Abschied spielen."

„Nein," widersprach Buxtehude. „Dann müßten wir Anna Margareta zurückrufen. Das dürfen wir ihr jetzt nicht antun. Aber auch wenn wir es dürften und sie zurückkommen könnte, zurückkommen würde – diese letzte Stunde in meinem Hause gehört uns Beiden, uns allein, Dir und mir, mir und Dir, lieber Sohn."

„Dann spielen wir – –" willigte Bach ein und begann in den Noten nach einem Duo-Stück seines Meisters zu suchen.

„Zum zweiten Mal: Nein. Und zum dritten Mal: Nein. Von mir ist in diesen Wochen, diesen Monaten drüben in St. Marien und hüben in meinem Hause genug, ist vielzuviel gespielt worden. Also zum Abschied nichts von mir! Sondern – –"

„Sondern?" wiederholte der Zwanzigjährige mit freudezitterndem Erahnen.

„– Deine angefangene erste Gamben-Sonate in G-dur," antwortete der Siebzigjährige so bestimmt, daß Widerspruch auch dann nicht möglich gewesen wäre, wenn das innerste Herz des Verstummten dieser Antwort hätte widersprechen wollen.

Als die Noten zurechtgelegt waren, spielten Dietrich

Buxtehude und Johann Sebastian Bach die ersten beiden Sätze der Gamben-Sonate Dessen, der auf dem Wege war, wenn nicht der größte Deutsche Musiker, so doch der größte aller Deutschen Künstler zu werden, spielten sie dermaßen im Geist vollendet, wie sie seitdem wohl niemals wieder erklungen ist. Insbesondere als bei dem Andante die Sechzehntel des Spinettes in geruhigem Gleichmaß sich von der Erde erhoben und bald darauf die selben Sechzehntel der Gambe ihnen nachschwebten, ergab sich ein Zwiegesang von überirdischer Schönheit. Bis die Gambe müde wurde, auf dem Grundton Takt für Takt ausruhte, während das Spinett Takt für Takt seine Sechzehntel aufschweben ließ, immer weiter, immer höher und es schließlich über den ruhenden Ton der Gambe vermochte, daß er sich mit einem Sprung hochriß und, wenn er auch nicht zu den ununterbrochen aufschwebenden Sechzehnteln des Spinetts zurückfand, doch in das fern verhallende Klingen einstimmte, das nicht wie die meisten Musikschlüsse eine Tür zuschloß, sondern zum Eintreten öffnete, weit öffnete.

Sobald der letzte Ton verklungen war, erhoben sich die beiden Meister der Musik, der alte und der junge, gingen stumm aufeinander zu, gaben sich stumm die Hand und wollten stumm auseinandergehen.

Im allerletzten Augenblick jedoch übermannte es Johann Sebastian Bach, er schluchzte auf, und sein Haupt sank an die Brust Dietrich Buxtehudes. Der begann ihn mit feierlichem Trost zu streicheln. „Nicht sprechen!" sagte er, während seine Rechte unablässig dem Schluchzenden wohltat. „Kein einziges Wort – – keine Silbe – – – Ich weiß – – weiß Alles – – – Es wäre schön gewesen, wenn Du hättest hier bleiben können – – unausdenklich schön – – – Bereits die vier Monate, die Du hier gewesen bist, waren ein Vorschmack des Himmels – – – Das aber ist das Höchste, was wir Menschen erhoffen können: Vorschmack – – Denn hätten wir den Himmel selber, so würden wir verlernen, uns von der zeitlichen Erde fort in die Ewigkeit zu sehnen – – Es war Unrecht von mir, Dein Bleiben zu erhoffen, Dein Bleiben – ja, warum soll ich, da ich es tat, es Dir in dieser

Stunde nicht eingestehen? – von Gott zu erbitten – – Den Himmel auf Erden darf man mit seinem Gebet nicht erflehen – – sondern nur den Himmel im Himmel – – –"

„Aber wir dürfen den himmlischen Himmel hier unten auf Erden in unseren Tönen vorklingen lassen," sagte Johann Sebastian Bach, der nun wieder helle Augen hatte, und richtete sich zur Bekräftigung seiner Worte, zum Gelöbnis, daß er sie in Taten umsetzen werde, langsam auf.

„Soviel in unseren schwachen Kräften steht – ja."

„Damit der Himmelsvorschmack auf Erden unter den Menschen immer reiner und stärker wird."

„Und also die Sehnsucht nach den vollen Himmelsklängen so unermeßlich, daß wir, wenn unsere letzte Stunde schlägt, mit Freuden den Weg zum Himmel gehen."

„Dank," sagte Johann Sebastian Bach und bekräftigte sein Wort durch einen festen Druck der Rechten seines Vorgängers auf dem Ehrensitz der Deutschen Orgelmusik.

„Dank," sagte Dietrich Buxtehude und erwiderte mit kräftigem Händedruck die Herzensversicherung Dessen, der durch vier unermeßliche Monate sein Schüler und Weggenosse zugleich war, der von nun an sein Nachfolger und Erfüller sein würde; zwar nicht, wie sie Beide am Beginn der Pilgerfahrt zum Himmelsthrone der Musik gehofft hatten, in Lübeck auf der Orgelbank zu St. Marien, wohl aber auf dem Orgelsitz der Deutschen Kunst.

Als der Zwanzigjährige sich loslösen und fortgehen wollte, hielt der Siebzigjährige ihn mit den Worten fest: „Eines muß ich noch sagen, ehe Du für immer von mir scheidest. Ich habe Dich in der Stunde, da Du gekommen bist, Johannes, den Vorläufer des Herrn, und Sebastian, den Leidträger der Erde, genannt. Es stimmt: Du wirst mehr leiden als Alle, die mit Dir an Deutschen Tonmeistern Gott zu Ehren singen und musizieren. Es stimmt auch: Du wirst dem Herrn, dessen Diener und Jünger wir alle sind, auch noch der Vollendetste von uns, die Wege bereiten. Aber Du heißt nicht nur Johannes Sebastian, sondern zugleich: Bach. Also muß ich in der Stunde, da Du gehst, dem was ich in der Stunde sagte, als Du kamst, noch Dieses hinzufügen: Der, dessen wir warteten, der Meister aller Deutschen Meister, der Erfüller unserer Hoffnungen, die Verwirklichung, die Verkörperung unserer Prophezeiungen – – Du bist es und wirst es mit jedem Jahre Deines Lebens mehr werden."

Johann Sebastian Bach riß sich los und lief hinaus.

Dietrich Buxtehude nahm sein Instrument zwischen die Kniee, spielte prüfend hingegeben die ersten sieben Takte des e-moll-Andante der ersten Gamben-Sonate Dessen, den er den Erfüller genannt hatte, schloß zu Beginn des achten Taktes statt in der Quint mit der Tonika von D-dur, nickte zustimmend zwei, drei Mal und legte sich schlafen.

In dieser Nacht, während der Johann Sebastian Bach kein Auge schloß, wurde ihm offenbar, daß die Pilgerfahrt nach Lübeck seine Hedschra sei, die Wendung seines Lebens, welche entschied, wie er seine gottgewollte Mission auszuführen hatte: Nicht geachtet, geehrt von den Menschen, nicht auf sicherem, weithin sichtbarem Sitz, sondern in der Abgeschiedenheit, der Stille, unbeachtet, verkannt, fast vergessen, dahintreibend durch die Nöte der Tage wie ein ankerloses Floß, das viele hundert Male im Strudel unterzugehen scheint, aber umso höher von den Wogen hinaufgetragen wird, je tiefer es in den Abgrund, der es verschlingen wollte, hinabgerissen wurde.

Als der zwanzigjährige Arnstädter Organist zu St. Bonifatii am anderen Morgen – die Laute mit dem Bande Maria Barbaras an der Seite, den Reiseranzen auf dem Rücken – beim Sechsuhrschlagen die Treppe des Organistenhauses am St. Marienkirchplatz zu Lübeck hinabgeschlichen war, empfing Anna Margareta Buxtehudin ihn mit den Worten: Er werde dem Hause ihres Vaters doch nicht etwa die Schmach antun wollen, ungegessen vondannen zu gehen? Der Morgenimbiß stehe bereit.

Also mußte – gegen seinen Willen – Johann Sebastian Bach noch einmal in die Stube eintreten, von der er am Abend vorher glaubte für immer Abschied genommen zu haben. Sie war trotz der frühen Stunde bis in das letzte Eckchen gesäubert. Die Noten, welche Vater Buxtehude und er nach dem Spiel so liegenzulassen pflegten, wie sie gerade lagen, waren weggeräumt. Die Gambe, an deren Ruhelegung auch gestern Abend – wie er sich jetzt genau erinnerte – wieder einmal keiner von ihnen Beiden gedacht hatte, schlief – zärtlich von einem seidenen Tuch zugedeckt– in ihrem Kastenbett. Der Frühstückstisch war auf das Säuberlichste hergerichtet. Abermals, zum letzten Mal für lange Zeit, umfing den Scheidenden das Wohlgefühl eines bis in das Allerletzte von fraulicher Hand geordneten und betreuten Haushaltes.

Als Johann Sebastian Bach sich gesättigt hatte und im Begriff war, mit einem Dankeswort aufzustehen, schob Anna Margareta ihm ein kleineswohlverschnürtes Päckchen zu. Dem erstaunten Blick des Beschenkten glaubte sie durch den Hinweis zu genügen: „Vom Vater."

Aber Bach erklärte: „Eh ich es behalte, muß ich wissen, was darin ist."

„Eine Börse mit einem kleinen Zuschuß zu den Reisekosten."

„Nehm ich unter keinen Umständen an."

„Vater meint, da Ihr die Zeit ohnehin schon weit überschritten habt, dürftet Ihr diesmal an das Wandern nicht einen einzigen Tag, der dafür unnötig ist, verschwenden. Sondern Ihr solltet Euch so oft und so lange, wie es irgend angeht, in die Fahrpost setzen."

Bach schüttelte den Kopf.

„Es ist nur ein bescheidener Geldbetrag darin. Bei weitem nicht Das, sagt der Vater, was der Lübecker Marienorganist seinem unermüdlichen Musikgehilfen für vier Monate an Entlohnung schuldig ist."

„Ich werde meine Heimreise nach Arnstadt genau so machen, wie ich meine Herreise machte: zu Fuß."

„Wollt Ihr als Letztes Dietrich Buxtehude, der Euch liebt wie seinen Sohn, wehtun?"

Da nahm Johann Sebastian Bach das wohlverschnürte Päckchen an sich und steckte es in seine Tasche.

„Und dies müßt Ihr aus meiner Hand nehmen," erklärte die Buxtehudin und wies auf einen riesigen Stapel eingewickelter, zum In-den-Mund-Stecken hergerichteter

Butterbrote und anderer Eßwaren hin, auf dem zu oberst Garn und Nähnadel lagen. Bach sah als Erstes den winzigen Punkt des großen I und lachte.

Anna Margareta erkannte den Grund seines Lachens und lachte mit. Als sie wieder zu Atem gekommen war, sagte sie, auf Nadel und Garn deutend: „Damit Ihr nicht, wenn Ihr im Walde Euch abermals die – – Hose zerreißt, mit einem Loch auf dem Knie auch diesmal Eure Reise beendet. Sondern es selber besser heilen könnt als mit dem Schusterdraht, den Ihr Euch am ersten Tag in Lübeck zum Hosenflicken gekauft habt."

Johann Sebastian Bach, der unterdessen begonnen hatte, die Brote in seinem Reiseranzen zu verstauen, erklärte plötzlich: „Unmöglich! Geht nicht hinein."

Anna Margareta Buxtehudin warf einen Blick in das Innere des Ranzens, schlug die Hände vor Verwunderung über dem Kopf zusammen, lachte noch lauter als vorhin und erklärte: „Ja, wenn man so, wie hier geschehen, packt! Gebt her!" Schon hatte sie, ohne eine zustimmende Antwort abzuwarten, Bach die Butterbrote und den Ranzen aus der Hand gerissen und begann als Erstes, alles auszupacken. Dabei brachte sie Manches zum Vorschein, was nicht gerade für die Augen einer – wenn auch dreißigjährigen – Jungfrau berechnet war. Die konnte denn auch ihres Staunens und Lachens kein Ende finden. „Nein," rief sie, „wie Mannsleute packen – nicht zu glauben. Heraus damit! Heraus! Was ist Das? – – O weh! Ja, Das ist die Folge davon, wenn man Hilfe nicht annimmt, die man haben kann – – und davon, wenn man nach vier Monaten, die zum Überlegen da waren, dann plötzlich ohne Nachdenken die Abreise von einem Tag auf den andern festsetzt. Hättet Ihr vernünftig und umsichtig gehandelt, so hätte ich Euch Alles gewaschen – und gebügelt – und geflickt – – Nun kommt Ihr – durch Eure, nicht durch meine Schuld – mit schmutziger Wäsche nach Arnstadt zurück – und mit kaputten Sachen – – Diese Löcher sieht man nicht? – – Kaputt ist kaputt, gleichviel ob unten oder oben. Ja, unten ist es noch schlimmer als oben – – Denn was die anderen Menschen nicht sehen, sieht der eigene Körper – – Habt Ihr gut aufgepaßt, wie man packt? – – So – und so – – und so – – – fertig! Nicht das winzigste Stück ist draußen geblieben."

Bach schnallte den Ranzen auf, hängte die Laute von Neuem über die Schulter. Die Buxtehudin war ihm beim Einhaken des Ranzenriemens behilflich. Als er aber mit dem Kopf hinter das Lautenband hakte und es ihm nicht gleich gelingen wollte, sich freizumachen, sah sie diesem Nötchen unbeweglich zu.

Dann standen der zwanzigjährige reisefertige Arnstädter Organist zu St. Bonifatii und die um Erfüllung ihrer Lebenshoffnung gekommene dreißigjährige Tochter des Lübecker Organisten zu St. Marien sich gegenüber.

„Lebt wohl, Anna Margareta!" sagte der Jüngling und bot ihr die Rechte.

„Lebt wohl, Johann Sebastian Bach!" sagte die Jungfrau und legte ihre Rechte in die dargebotene Hand hinein.

„Wollen wir so voneinander scheiden, Anngret?"

„Das liegt bei Euch, nicht bei mir, Johann Sebastian."

„Jenes erste Wort, das über diese Stunde hinausreicht, mußt Du sagen."

„Das kann ich nicht."

„Das mußt Du können, Anngret."

„Grüß – – Maria Barbara von mir!"

„Das will ich gerne tun."

„Sie soll Dich glücklich machen, Johann Sebastian."

„Daran ist kein Zweifel."

„Und: Sie soll Dich ordentlich halten."

„Dies scheint Dir nicht so ganz gewiß zu sein, wie mir – und doch wohl auch Dir – das Andere?"

„Wenn sie es nicht tut –"

„Was? Mich glücklich machen oder mich ordentlich halten?"

„Beides – – Wenn sie es nicht tut, Dich nicht glücklich macht und Dich nicht ordentlich hält, dann komm ich des Nachts – so geräuschlos wie eine Eule – und – – hack ihr die Augen aus!"

Die letzten Worte hatte die Buxtehudin gekreischt wie am Abend vorher ihre Antwort, als sie zum Abschied die Tür hinter sich zuschlug, und wieder wollte sie nach ihrem Aufkreischen davonlaufen.

Diesmal jedoch hielt Johann Sebastian Bach sie fest. Freilich, was er noch vor einigen Augenblicken gewollt hatte – ihr in der Stunde des Abschiedes den ersten und einzigen Kuß geben, obwohl er nicht wußte, wie er es fertigbringen sollte, sich dabei an dem Eulenschnabel nicht zu stoßen –, Das tat er nun doch nicht. Wohl aber beugte er sich zu der Rechten der Tochter seines Meisters nieder, die er noch immer in seiner Hand hielt, küßte sie und sagte, als er sich aufrichtete: „Dank, Anngret! Vielleicht hast Du mir zur Vollendung meines Menschentums – und damit zur Erfüllung meiner Kunst, der Musik – ebensoviel gegeben wie Dein Vater Dietrich Buxtehude."

Anna Margareta Buxtehudin konnte nicht widersprechen, noch gar zustimmen; sie konnte nur weinen. Als sie den Kopf zurückwarf und sagen wollte: ‚Dank, Johann Sebastian; und Du hast mir mehr gegeben als irgend ein Mensch, als Vater und Mutter, als Freund und Freundin, hast mir gegeben, was ich nicht verdiente!', war die Stube leer. Auch auf dem Marienkirchplatz war, da sie an das Fenster lief, um ihm durch das Winken ihrer Hände zu sagen, was sie nicht über ihre Lippen gebracht hatte, der Davongehende nicht mehr zu sehen.

Johann Sebastian Bach schritt bereits durch die Gassen Lübecks, um seiner irdischen Wirkungstätte wieder zuzuwandern: der Orgelbank zu St. Bonifatii, genannt die Neue Kirche.

Am 31. Januar 1706, nach viermonatiger Abwesenheit, saß Johann Sebastian Bach wieder vor seiner Orgel in Arnstadt am Spieltisch, um dem Gottesdienst mit seiner Musik die rechte Weihe zu geben. Er war am Abend vorher so spät zu Fuß eingetroffen und hatte sich am Morgen absichtlich nicht in der Stadt gezeigt, daß seine Rückkehr noch nicht bekannt wurde. Aber schon nach zwei Tönen wußte Maria Barbara, nach zwei Takten wußten jene Arnstädter, welche offene Ohren ihr eigen nannten, nach zwei Minuten hatte es selbst das schwerhörigste Mütterchen vernommen: Nicht mehr Johann Ernst spielt die Orgel sondern Johann Sebastian. So mächtig brauste das Präludium, welches den Gottesdienst einleitete, durch den schlichtschönen Kirchenraum.

Doch die Freude des Wiederhörens ging bei den Arnstädtern sehr bald in Verwunderung und Widerstreben, ja in Entsetzen über. Bach begleitete die Choräle jetzt so frei und ungebunden, daß die Gemeinde oftmals oberhalb der ragenden Harmonie nicht mehr das himmlische Blau der Melodie leuchten sah, sondern sich mitten in der wuchernden Fülle der Klänge vorkam wie ein Kind, das von harter Hand in das Dunkel des Waldes verstoßen ist, wo es den Himmel und seine Sterne nicht sieht, den Eingang und Ausgang der Wirrnis nicht findet. Bach weitete die Übergangsspiele zwischen den einzelnen Versen so sehr aus, gestaltete sie so völlig vom Musikalischen her, nicht wie ehedem auf das Zweckmäßige des Atemschöpfens hin, verschmähte es, mit den letzten Zwischenspielakkorden jedesmal ein Habt-Acht!-Zeichen zu geben, daß die Gemeinde mehr als einmal den Einsatz verfehlte und man, wenn allein die Sopranstimme der Maria Barbara Bachin mit dem Orgelspiel Johann Sebastian Bachs davon schwebte, einander ansah gleich Störchen im Sumpf, die nicht wissen, ob sie schon auffliegen oder damit noch eine Weile warten wollen.

Da die Lübecker Manier Johann Sebastian Bachs, wie man seine neue Art zu spielen wegwerfend nannte, während der nächsten Sonntage nicht abnahm, im Gegenteil – zumal Maria Barbara dem Heimgekehrten während der Stunden des wiederaufgenommenen gemeinsamen Musizierens unbegrenzte Freude darüber ausdrückte – sich nur noch mehr auswuchs, so beschwerte die Bonifatiusgemeinde sich bei dem Consistorio, das Consistorium ermahnte den Orgelspieler, der die Gemeinde durch sein Spiel um ihre Andacht brachte, zu seinen früheren Bräuchen und Manieren zurückzukehren. Der Organist zu St. Bonifatii aber kümmerte sich weder um die Gemeinde noch um das Consistorium. Er spielte, wie der Geist der Musik es seinem Genius gebot, und war der Überzeugung: Was in Lübeck dem Gottesdienst zur höchsten Ehr und Zier gereicht hatte, das mußte auch in Arnstadt, wenn er beharrlich der inneren Weisung getreu blieb, möglich sein.

Also stand Johann Sebastian Bach am 21. Februar 1706 wieder einmal als Angeklagter auf Schloß Neideck vor den Hoch und Wohledlen, Hoch und Wohlgelahrten, Hoch und Wohlweisen, Hochgeneigten Patrones und Herren seines Consistorii. Das Wort wider den Beschuldigten führte Superintendent Olearius. Die Verhandlung, über die eine aktenmäßig bezeugte Niederschrift auf uns gekommen ist, verlief in der nachfolgenden Weise.

Der Herr Superintendent: Wo ist Er unlängst so lange gewesen und bei Wem hat Er Dessen Verlaub genommen?

Bach: Ich bin zu Lübeck gewesen, um daselbst Ein und Anderes in meiner Kunst zu begreifen und mich im Schlagen der Orgel zu vervollkommnen; habe aber dazu von dem Herrn Superintendenten Erlaubnis erbeten und rechtens erhalten.

Der Herr Superintendent: Er hat nur auf vier Wochen Verlaub erbeten und auf vier Wochen, nicht Eine Stunde länger, Verlaub erhalten; ist aber wohl vier Mal so lange, nämlich vier Monate ausblieben!

Bach: Das Orgelspiel ist unterdessen von Dem, welchen ich als meinen Vertreter bestellet, wenn auch nicht besoldet habe, da es ihm Lohnes genug war, zur Ehre Gottes spielen zu *dürfen*, von meinem Vetter Johann Ernst, dergestalt versehen worden, daß deswegen von dem Hohen Consistorio keine Klage erhoben werden kann. Ich vermag demnach nicht zu erkennen, welche Einwendungen ein Hohes Consistorium gegen mein längeres Verbleiben in Lübeck zu erheben hat, das meine Studien bei Dietrich Buxtehude, dem größten Orgelmeister unserer Tage, nötig machte; was ich im übrigen nicht nur vorhergesehen, sondern außerdem vorhergesagt habe

Der Herr Superintendent: Wir klagen auch nicht Seinen Vetter Johann Ernst an, der ein guter Musicus ist und trotzdem ein bescheidener Mensch; wohl aber erheben wir Anklage gegen Ihn, der vielleicht das Erste ist, aber bestimmt nicht das Zweite, und gegen Sein völlig in Verwahrlosung geratenes Spiel.

Bach: Mein Spiel ist in den verwichenen vier Monaten nicht verwahrlost sondern vervollkommnet worden; allerdings durch Meister Buxtehudes Können und Geduld in einer solchen Weise, daß ich gerne glauben will, die Ohren und die Herzen seien dafür allhier noch nicht recht bereitet; dieweil man nicht nur in Arnstadt, sondern in allen Thüringer Landen noch niemalen Ähnliches vernommen hat.

Der Herr Superintendent: Wir halten Ihm vor, daß Er seit seiner Rückkehr aus Lübeck in dem Choral viel wunderliche variationes gemachet, dermaßen fremde Töne eingemischet hat, daß die Gemeinde gänzlich darüber verwirret worden ist.

Bach: Was die Gemeinde zu St. Marien in Lübeck, um Gott besser zu lobsingen, gelernt hat, Das wird auch die Gemeinde zu St. Bonifatii in Arnstadt, sofern sie willig und nicht störrisch ist, lernen können. Sintemalen der Arnstädter nicht weiter von dem Quell der Deutschen Musik aufwächst als der nordländische Lübecker, sondern ihm näher.

Der Herr Superintendent: Jedes Land, jede Stadt, ja an manchen Stellen auf Erden jedes Dorf haben ihre eigene Weise; auch in der Musik. Die Arnstädter können es sich verbitten, von Ihm mit den Maßen der Lübecker gemessen zu werden.

Bach: Die Weise der wahrhaften Musik ist Eine in allen Städten und Landen, Eine auf Erden, Eine über die Erde hinweg. Denn sie ist vom Himmel her zu uns kommen und hat in dem inwendigsten Herzen als treibende Unruhe die Sehnsucht, in ihre Heimat, den Himmel, zurückzukehren. Wie also sollte die Musik den selben Unfug machen dürfen, den wir Menschen mit unserer Sprache angestellt haben: daß fünf Stunden weit oftmals die Angehörigen des selben Volkes einander nicht mehr verstehen! Wie sollte sie nicht vielmehr danach trachten müssen, ob sie auch von Deutschland ausgehet oder gar: dieweil sie in Deutschland ihren Ursprung hat, die einzige Sprache der

Menschen zu sein und immer vollkommener zu werden, welche alle Völker in allen Städten und Landen der Erde verstehen und – zu ihrem Schrecken – die bösen Geister unter der Erde, sowie – zur seeligen Seeligkeit ihrer Herzen – die Engel über der Erde!

Der Herr Superintendent: Wir haben Ihn nicht hierher bestellet, um mit Ihm über die Frau Musica und deren Gewandung zu disputieren; sondern um Ihn als von Seiner Gemeinde wegen ungebührlichen Verhaltens im Gottesdienste hochnotpeinlich Angeklagten zu verhören und Ihm nach dem Befund des Verhörs unser gemeinsames Urteil zu sprechen.

Die Perückenköpfe der Hohen Consistorii wackeln einmütig Zustimmung.

Bach, dadurch zugleich belustigt und gereizt: Da der Angeklagte hiermit wohl hinreichend verhört ist, so darf er sicherlich jetzt sein Urteil erwarten?

Der Herr Superintendent: Wir weisen Ihn an, wenn Er ins Künftige einen frembden Ton bei dem Choralspielen mit einbringen will, selbigen auch auszuhalten und nicht zu geschwind auf etwas anderes zu verfallen, oder gar, wie Er seit seiner übel ausgeschlagenen Lübecker Reise in Brauch genommen hat, einen gegensätzlichen Ton zu spielen, daß man sich lieber die Ohren zustopfen möchte, als Ihn länger anzuhören.

Bach: Ich will mich befleißigen, mit meinem Spiel die gebührliche Rücksicht darauf zu nehmen, daß die Arnstädter in der Kunst des Orgelhörens noch nicht so weit vorgeschritten sind wie die Lübecker. Was nicht Schuld der Arnstädter ist sondern meine Schuld; alldieweil ich kein Dietrich Buxtehude bin, mit Akkorden auf sie einzuhämmern, bis sie folgen wie Hämmel, denen man mit Knüppeln auf die Wollköpfe haut, wenn sie vom rechten Wege abbiegen oder in dem guten Wege störrisch stehen bleiben.

Die Perückenköpfe der Hohen Consistorii wackeln unterschiedlich heftig Widerspruch und Empörung.

Der Herr Superintendent, dadurch bestärkt und aufgereizt: Wir wollen hinfort aus Seinem Munde weder das Wort Lübeck hören, noch unziemliche, seine Gemeinde herabsetzende Vergleiche von Ihm vernehmen.

Bach: Da der Angeklagte sein Urteil empfangen hat, kann er nunmehr wohl gehen?

Der Herr Superintendent: Halt! – Es ist für uns gar befrembdlich gewesen, daß Er vor seiner Abreise viele Monate lang mit den Schülern in der Kirche nicht mehr musiziert hat.

Bach: Man soll mir einen rechtschaffenen Director Musices geben, so will ich auf dem Orgelchor zu St. Bonifatii musizieren, wie es in Arnstadt noch nicht vernommen worden ist.

Der Herr Superintendent: Die ganze Ursach für Sein Nichtmusizieren in der Kirche ist gewesen, daß Er sich mit den Schülern nicht auf die rechte Weise dienstlich und menschlich ins Benehmen gesetzet hat.

Bach: Man soll mir einen Director Musices halten. In Lübeck – –

Der Herr Superintendent: Wir wollen von Lübeck nichts mehr wissen! Wir sind Arnstädter. – Einen Capellmeister können wir Ihm nicht halten. Er soll uns rundweg erklären, ob Er mit den Schülern des Gymnasii in der Kirche sowohl Figural als Choral künftighin singen und spielen will oder nicht.

Bach schweigt.

Der Herr Superintendent sieht die Mitglieder des Hohen Consistorii fragend an. Diese tun noch einmal, was sie während des Verhörs, wenn ihr Vorsitzender gesprochen hat, immer und immer wieder taten: Sie nicken mit den Köpfen.

Also wurde Bach durch den Präses eines Kollegiums, das über Dinge zu Gericht saß, von denen es nicht ein Tausendstel Dessen verstand, was dem Angeklagten seit Kindesbeinen ererbter und erworbener Besitz war, in den Vorraum hinausgeschickt, damit man während seiner Abwesenheit über das endgültige Urteil ungehindert beraten könne.

Nachdem Johann Sebastian Bach wieder hereingerufen war, eröffnete Superintendent Olearius ihm als Beschluß des Consistorii zu St. Bonifatii, genannt die Neue Kirche: „Er hat sich binnen acht Tagen zu erklären, ob Er tun will, was man von Ihm verlanget hat. Wenn Er es nicht tun will, dann hat Er es categorice zu sagen; damit Anstalten gemachet werden können, Jemanden zu bestellen, der tut, was das Consistorium von seinem Organisten verlangen kann und, soweit diese nicht nur gute Musiker sondern trotzdem willfährige Menschen gewesen sind, auch erfahren hat."

Bach nahm das Urteil seines Consistorii schweigend hin, verneigte sich, ging hinaus und erklärte sich nicht; weder binnen acht Tagen noch binnen acht Wochen.

Wohl spielte der junge Organist zu St. Bonifatii an den ersten Sonntagen nach der Urteilsverkündigung zurückhaltender und gemäßigter als nach der Heimkehr von seiner Lübecker Pilgerfahrt. Er schränkte die Figuration seiner Choräle ein, kürzte die Zwischenspiele ab, verschmähte durch Akkordfügung und Pause das Habt-Acht!-Zeichen an ihrem Schlusse nicht. Bald aber rissen ihn der Geist der Musik und sein Genius wieder über die von dem Willen errichteten Schranken hinaus, und sein Spiel achtete die Grenzen des Herkommens und die Gebundenheit seiner Gemeinde noch weniger als vor dem Verhör und der Aburteilung durch Superintendent Olearius. Also liefen erneut schriftliche und mündliche Klagen bei dem Consistorio ein.

Bach setzte ebenfalls, trotz des behördlichen Verlangens, keine Musikübungen mit den Gymnasiasten an. Es war durchaus nicht Aufsässigkeit und Halsstarrigkeit, die ihn daran hinderten, wenigstens in dieser Hinsicht die Weisungen seines Consistorii zu befolgen. Auch die Tatsache, daß er in seiner Bestallung zu Chorübungen nicht verpflichtet war und an dem Gymnasio, aus dessen Schülern der Kirchenchor gebildet wurde, nicht unterrichtete, wäre kein unüberwindliches Hindernis für ihn gewesen. Lediglich die Sorge um das Gelingen der Musik, der Eifer um die Heiligkeit seiner Kunst zwangen ihn, auf seiner Forderung, ihm einen Director Musices beizugeben, unerbittlich zu bestehen. Denn ohne dessen Hilfe war mit den vorhandenen Schülern ein geordnetes Musizieren zur Ehre Gottes nicht möglich. Mußte doch der Arnstädter Rat im Jahre 1706 über die Schüler des Gymnasii folgende Klage erheben: „Vor ihren Lehrern haben sie keine Scheu, raufen sich in ihrer Gegenwart und begegnen ihnen in der anstößigsten Weise. Sie tragen den Degen nicht nur auf der Straße, sondern auch in der Schule, spielen unter dem Gottesdienste und während der Unterrichtsstunden Ball und laufen wohl gar an ungeziemende Orte. Ihre freie Zeit bringen sie mit Hazardspielen und Trinken, man wolle nicht sagen mit anderen schlimmen Dingen, zu, nehmen des Nachts allerlei Mutwillen mit Schreien, Tournieren und Musiken vor und treiben alle bösen Stücke."

Bach gab also die verlangte Erklärung, mit diesen Rüpeln in der Kirche, ohne Director Musices, abgewandten Gesichtes zu musizieren, in wohlbedachter Absicht nicht. Das Consistorium wartete ein, zwei, drei Monate, wartete ein, zwei, drei Vierteljahre, auf die binnen acht Tagen befohlene Entscheidung über seine Dienstanweisung. Der Organist zu St. Bonifatii schwieg.

So wurde Joahnn Sebastian Bach am 21. November 1706 abermals auf das Schloß Neideck, dessen Türme über die Häuser von Arnstadt weg zu seinem Zimmer in der Goldenen Krone herabsahen, zum Verhör befohlen. Im Auftrage des vollzählig versammelten Consistorii hielt Superintendent Olearius ihm vor: Daß er nicht nur die durch das Urteil vom 21. Februar von ihm geforderte Erklärung über das Musizieren mit den Schülern bisher nicht gegeben hätte, sondern auch sein Spiel in der Kirche verschlechtert statt verbessert habe; denn er mache um die Melodie herum solch Wesens mit seinen Tönen, daß man oft nicht einmal erkennen könne, ob es sich in Wahrheit noch um einen Choral handele, vielmals vermeine, einen riesigen Dudelsack zu hören, wo die Orgel in heiliger Größe und stäter Stille gehen solle. Man müsse mithin dringlich von ihm fordern, daß er seine amtlichen Verpflichtungen von nun an in jeder Hinsicht strenge erfülle; widrigenfalls er die Folgen sich selber zuzuschreiben habe. Welche Antwort er auf diese Vorstellungen und Anweisungen, deren Grund und Berechtigung in dem ersten Verhör vor neun Monaten hinreichend dargetan seien, zu geben habe?

Johann Sebastian Bach erklärte, daß er seine Antwort – nach reiflicher Überlegung aller Für und Wider – schriftlich geben werde.

Wie lange er zu seiner reiflichen Überlegung einer schriftlichen Antwort, die man der Klarheit und Eindeutigkeit wegen sehr begrüße, denn brauche?

Das werde man feststellen können, wenn man sie in Händen halte, antwortete der erneut Angeklagte und verließ mit geziemendem Gruß den Raum, in welchem ein Tisch mit Perückenköpfen zurückblieb, die sich sehr verdutzt ansahen und auf die Frage: ‚Was nun?' keinerlei Antwort wußten.

Johann Sebastian Bach brauchte zu seiner reiflichen Überlegung sehr viel Zeit. Nach einer Reihe von Monaten hatten die Hoch und Wohledlen, Hoch und Wohlgelahrten, Hoch und Wohlweisen, Hochgeneigten Patrones und Herren seines Consistorii die auf dringliches Verlangen in Aussicht gestellte schriftliche Entscheidung noch immer nicht in Händen.

In diesem wirren Jahre der Bedrängnis ging dem Arnstädter Organisten zu St. Bonifatii heller und heller jener Stern auf, der ihm während einer weiten Strecke den Weg durch sein Alltagsleben weisen sollte: die Liebe zu seiner Base Maria Barbara. Wenn sie, von ihm auf der Orgel begleitet, mit ihrer hellen Sopranstimme seine Lieder und Arien sang – und der Zurückgekehrte wandte sich, durch das Beispiel Buxtehudes bestärkt, von dem Orgelvirtuosentum fort mehr und mehr dem Schaffen auf der Orgel zu –, dann waren die Streitigkeiten mit dem Consistorio, die überhebliche Art des Superintendenten Olearius, die Schwerfälligkeit und Widerspenstigkeit der Arnstädter Gemeinde schnell vergessen, und immer wieder vermeinte Johann Sebastian Bach: Es sei leicht, himmlische Weisen zu finden, wenn man wisse, daß und wie ein Engel sie singen werde; ein Engel, von dem man nicht ohne Grund glauben konnte, er wäre zu diesem Zweck geradenwegs von dem Throne Gottes auf das Orgelchor zu St. Bonifatii herabgesandt.

Daher traf es Bach in das Herz seines Herzens, als er zu Beginn des Jahres 1707 von dem Consistorio seiner Kirche ein Schreiben erhielt, das ihm befahl: Er habe binnen drei Tagen schriftlich zu erklären, wer die „Frembde Jungfer" sei, deren Stimme man täglich in dem leeren Gotteshaus St. Bonifatii vernehme, währenddessen er auf der Orgel übe. Denn es bedürfe wohl keines im Besonderen begründeten Hinweises, daß die Gemeinde mit Recht Anstoß gefunden habe und finde, wenn eine ledige Weibsperson sich an der Heiligen Stätte in seiner Nähe aufhalte und, wie es scheine, von ihm zum Singen unbekannter Lieder nicht nur ermuntert, sondern bei diesen unzweifelhaft auch noch auf der Orgel – so zum Dienste Gottes, nicht zur Erlustierung frembder Jungfern erbaut sei – begleitet werde.

Da Jedermann wußte, daß die „frembde Jungfer", an deren engelischem Singen in der Bonifatiuskirche man vorgeblich Anstoß genommen hatte, seine leibhafte Base Maria Barbara sei, hielt Bach es seiner nicht für würdig, auf dieses Schreiben des Hohen Consistorii zu antworten. Auch die zugesagte schriftliche Erklärung, ob er den Chorunterricht der Gymnasiasten ohne Director Musices erteilen wolle oder nicht, jene Erklärung, deren er sich noch immer nicht völlig entschlagen hatte, wurde nun von ihm als unnötig und unmöglich verworfen. Es gab auf Alles, was er seit der Rückkehr von seiner Pilgerfahrt erduldete und was ihm besonders schmerzvoll war, da er bei Dietrich Buxtehude in Lübeck erlebt hatte, welcher Förderung und Ehrung ein im Dienste Gottes schaffender Organist zuteil werden konnte, nur noch eine einzige Antwort: Arnstadt so schnell wie möglich verlassen. Und zwar gemeinsam mit der behördlich beschimpften Liebsten seines Herzens, der „frembden Jungfer", die durch ihr himmlisches Singen zu seinem Orgelspiel das Gotteshaus entweiht haben sollte, mit seiner jetzigen Base und künftigen Ehegattin Maria Barbara Bachin.

Aber wie sollte Bach Der, die er zum Weibe begehrte, wenn er seine Stelle in Arnstadt aufgab, Haus und Herd bereiten, Kleidung und Nahrung schaffen? Gleich seinem Urahn, Hans dem Spielmann, mit der Fiedel von Schänke zu Schänke ziehen und zum Tanz aufspielen? Nein. Zurück ging sein Weg nicht sondern vorwärts. Hinab durfte er Maria Barbara nicht führen. Es gab nur einen Pfad für sie Beide: Den, der sie höher hinauftrug. Wenn er ihn trotz alles Suchens und Ausschauens nicht zu sehen vermochte – Gott würde ihn seinen Augen zur rechten Stunde zeigen. Denn er war in die Arnstädter Bedrängnis nicht geraten, weil er lässiger und ungeschickter in Seinem Dienste wurde, sondern weil er an Kräften der Erkenntnis und des Könnens, des Wollens und des Leistens, Sein Lob auf Erden mit Tönen zu verkünden, durch die Lübecker Pilgerfahrt in Monaten zugenommen hatte wie vordem in Jahren nicht.

Als Johann Sebastian Bach nicht mehr aus noch ein wußte, zeigte ihm Gott den vergeblich gesuchten, aber nicht umsonst ersehnten Weg. Eines Tages, im März 1707, erhielt er von seinem Vetter Johann Ernst Bach, den es hart angekommen war, daß er nach vier Monaten von der Orgelbank zu St. Bonifatii in Arnstadt wider Erwarten doch noch heruntersteigen mußte, und der seitdem mit allen Mitteln danach strebte, die Stelle für immer einzunehmen, die er bisher nur vertretungweise innegehabt hatte, die bedeutsame Kunde, daß der Organist Johann Georg Ahle von der Kirche Divi Blasii in Mühlhausen gestorben sei. Sogleich bewarb Johann Sebastian sich bei dem conventus parochianorum geziemend um diese Stelle. Binnen kurzem erhielt er die Nachricht, daß man ihn, von dessen großer Kunst im Orgelschlagen und Choralaussetzen man schon viel Günstiges vernommen habe, in der Frühe des 24. April zur persönlichen Vorstellung und zum Probespiel erwarte.

Am 23. April um die Mittagsstunde begibt Johann Sebastian Bach sich zu seiner Base Maria Barbara Bachin; diesmal, um für eine kurze Fahrt mit eindeutigem Ziel von ihr Abschied zu nehmen. Durch die Tür hinweg hört er, daß drinnen auf dem Spinett sein liebstes Lied gespielt und gesungen wird. Eine Stimme, deren Helle sich dadurch doppelt offenbart, daß sie heute umflort ist, mahnt das Herz, aus dessen Grunde sie aufsteigt:

„Gib dich zufrieden und sei stille
In dem Gotte deines Lebens;
In Ihm ruht aller Freuden Fülle,
Ohn Ihn mühst du dich vergebens.“

Bach unterläßt es anzuklopfen, leise zieht er die Tür auf. Er will ungesehen eintreten, die Tür noch leiser, als er sie geöffnet hat, hinter sich zuziehen, auf der Fußmatte stehen bleiben, sein Lied hören und erst, wenn es geendet hat, mit einer Stimme, die nur ein Hauch ist, dankend sagen: „Maria Barbara – –“

Das Lied klingt in der Tat, trotz Türöffnen und Türschließen, trotz Eintreten und Mitlauschen weiter:

„Er ist dein Quell und – –“

Da bricht es plötzlich, obwohl die Sängerin mit abgewandtem Gesicht spielt und singt, ab. Der Spinettdeckel wird überhastig zugeschlagen. Maria Barbara Bachin springt auf und sagt: „Endlich!“

„Warum endlich?“ fragt Johann Sebastian Bach.

„Ich fürchtete schon, Du würdest Deine Fahrt nach Mühlhausen antreten, ohne von mir Abschied zu nehmen.“

„Das hat mein liebes Bäschen Maria Barbara in ihrem unteren Herzen nicht geglaubt.“

„Stattlich schaust Du aus. Wirst eine gute Figur machen vor den Herren in Mühlhausen.“

„Ich hätte Dir viel zu sagen, Maria Barbara. Aber ich glaube –“

„Und spielen wirst Du, wie es heute Keiner auf Erden vermag, nicht Böhm und nicht Pachelbel, nicht Reinken und nicht einmal Dietrich Buxtehude.“

„Viel zu sagen – – Aber ich glaube, es ist besser, wenn ich mit dem Sagen warte, bis –“

„Indessen, was verstehen die Herren der Hohen Consistorii und des conventus parochianorum von der Kunst des Orgelschlagens?"

„– – Wenn ich warte, bis ich aus Mühlhausen als wohlbestallter Organist an der Kirche Divi Blasii zurückkehre. Meinst Du nicht auch, Maria Barbara, daß es besser ist, wenn ich –"

„Geh mit Gott, Johann Sebastian!"

„Aber Eines muß ich sagen, eh ich gehe – –"

„Nein!"

„Daß Du mein Lied spieltest und sangest, als ich ungehört, und dennoch vernommen, eintrat, wie soll ich es Dir danken, Maria Barbara?"

„Mit nichts. Denn wie finge ich es wohl an, nicht Dich zu spielen, nicht Dich zu singen?"

„Wenn ich aus Mühlhausen wiederkehre als wohlbestallter Organist der Kirche Divi Blasii, so – –"

„Leb wohl, Johann Sebastian."

„Leb wohl, Maria Barbara."

Johann Sebastian Bach geht von dannen.

Maria Barbara setzt sich an das Spinett, singt und spielt:

„Er ist dein Quell und deine Sonne,
Scheint täglich neu zu deiner Wonne,
Gib dich zufrieden, zufrieden – –"

Sie kann gegen den Schluß des Liedes vor innerem Schluchzen kaum noch singen. Aber sie hält tapfer durch. Erst als sie geendet hat, weint Maria Barbara Bachin auf, weint laut und lange, weint und weiß nicht, ob vor Schmerzen über die Qual der Vergangenheit, ob vor Glück über die Freude der Zukunft.

Am 24. April, dem Ostersonntag des Jahres 1707, steht Johann Sebastian Bach als Bewerber vor dem conventus parochianorum zu Mühlhausen und darf auf der Orgel der Kirche zu Divi Blasii zur Probe spielen. Man ist von seinem Spiel entzückt, sagt aber, um der Gerechtigkeit willen müsse man auch die anderen Bewerber noch hören. Sobald das Probespiel dieser Organisten abgehalten sei, werde man ihm Nachricht geben. Aus dem Mühlhauser Hoffnunghimmel kehrt Johann Sebastian Bach in die Arnstädter Alltagshölle zurück und sagt zu Maria Barbara kein Wort, weder eines der Hoffnung noch eines der Enttäuschung.

Am 24. Mai, nach einem Monat bänglichen Wartens, tritt zu Mühlhausen der conventus parochianorum zusammen, um über die Neubesetzung der verwaisten Organistenstelle an der Kirche Divi Blasii zu beschließen. Bürgermeister Dr. Conrad Meckbach erklärt mit dem vollen Gewicht seines umfänglichen Leibes und seiner amtlichen Würde: Ein anderer Bewerber als Johann Sebastian Bach aus Arnstadt könne ernsthaft nicht in Betracht gezogen werden. Man stimmt ihm zu. Und der Ratsherr Bellstedt erhält den amtlichen Auftrag, sich mit dem auserwählten Bewerber ins Benehmen zu setzen, um seine Bedingungen für die Übernahme des Organistenamtes in Erfahrung zu bringen.

Am 28. Mai empfängt Johann Sebastian Bach einen Brief, der ihm davon Kunde gibt und ihn bittet, nachdem er sich die Sache eine Woche reiflich überlegt habe, zur Bekanntgabe seiner Bedingungen und, falls man einig werde, zur Unterzeichnung der Bestallungurkunde in Mühlhausen persönlich zu erscheinen. Das Herz und die Orgel des zweiundzwanzigjährigen Arnstädter Organisten zu St. Bonifatii jauchzen auf. Sein Mund schweigt.

Am 30. Mai sinkt das hochgetürmte Hoffnunggebäude völlig zusammen. Denn in Mühlhausen bricht ein riesiges Schadenfeuer aus. Vierhundert Wohnhäuser samt vielen Ställen und Nebengebäuden werden ein Opfer der unersättlichen Flammen. Auch, so heißt es in Arnstadt, die Kirche Divi Blasii. Orgel und Herz Johann Sebastian Bachs schreien auf in unermeßlichem Schmerz. Nach zwei Tagen kommt die Nachricht: Die Kirche Divi Blasii steht! Blieb unversehrt! Nicht ein Fensterchen ist durch die Hitze gesprungen. Das Tosen der Orgel zu St. Bonifatii in Arnstadt droht den Fensterscheiben und den Steinen der Kirche gefährlicher zu werden als die Feuersbrunst denen zu Divi Blasii in Mühlhausen.

Am 7. Juni fragt der Ratsherr Bellstedt bei Bürgermeister Meckbach an: Wie es mit der Neubesetzung der Orgelstelle des verstorbenen Johann Georg Ahle und dem Kommen seines in Aussicht genommenen Nachfolgers Johann Sebastian Bach zu Arnstadt bestellt ist? Erhält zur Antwort: Man sei von dem großen Brandunglück noch so mitgenommen, hätte wichtigere Dinge zu beschaffen als einen neuen Organisten, besitze zudem gegenwärtig weder Feder noch Tinte, um die Bestallungurkunde rechtsgiltig zu unterschreiben, daß diese Sache zumindesten noch einige Tage, bis man wieder zu sich gekommen wäre, ihren Anstand haben müsse.

Am 14. Juni steht Johann Sebastian Bach, durch ein erneutes Schreiben des Ratsherrn Bellstedt dazu aufgefordert, zum zweiten Male vor dem conventus parochianorum zu Mühlhausen. Nun zu dem Zweck, daß er die Bedingungen bekannt gibt, unter denen er bereit ist, die durch den Tod Johann Georg Ahles freigewordene Organistenstelle zu Divi Blasii zu übernehmen. Obwohl sie für zwei Menschen mehr als schmal sein wird, nennt er dennoch, um seine Berufung nicht zu gefährden, nur die Summe, welche er in Arnstadt für die Organistenstelle zu St. Bonifatii erhalten hat, und schließt lediglich die Bitte an, daß ihm freies Fuhrwerk für seine Übersiedlung nach Mühlhausen zugestanden werde. Das freie Fuhrwerk bewilligt man ihm ohne die geringste Einwendung. Wegen des Gehaltes gibt es, in seiner Abwesenheit, eine längere Beratung. Denn es übersteigt die Bezüge des Vorgängers, eines alten, ehrwürdigen Ratsmitgliedes, beträchtlich. Nach geraumer Weile wird er hineingerufen. Man eröffnet ihm: Obwohl Mühlhausens Kassen durch den Brand hart mitgenommen seien, habe man dennoch, in der Erwartung, daß man einen ungewöhnlich guten Orgelspieler und musikalischen Diener der Geistlichen Handlungen zu Divi Blasii in ihm bekommen werde, einstimmig beschlossen, seine beängstigend hohe Forderung an geldlichen Bezügen zu bewilligen.

Am 15. Juni unterzeichnet und siegelt der conventus parochianorum die Urkunde, durch welche Johann Sebastian Bach, Organist zu St. Bonifatii in Arnstadt, genannt die Neue Kirche, auf die verwaiste Organistenstelle zu Divi Blasii in Mühlhausen und zwar – als Beweis besonderen Vertrauens – zu dem gleichen Gehalt, das er auf seiner bisherigen Stelle empfangen hat, berufen wird.

Am 29. Juni 1707 tritt Johann Sebastian Bach auf seinen Wunsch, wiederum – und zwar zum letzten Male – seinem vollzählig versammelten Consistorio gegenüber. Die Unterredung ist sehr kurz. Sie umfaßte nur die nachfolgende dreifache Rede und Widerrede.

Der Herr Superintendent: Er will wohl die über Gebühr hinausgeschobene Erklärung zu unserem Urteil vom 21. Februar – nicht etwa dieses, sondern vorigen Jahres! – entgegen Seiner ursprünglichen Absicht, nun doch mündlich geben?

Bach: Ja.

Der Herr Superintendent: Und welcher Gestalt ist Sein Entschluß?

Bach: Ich danke dem Hohen Consistorio, dem Wohlweisen Rat der Stadt und dem Hochedlen Gafen und Herrn zu Schwarzburg-Arnstadt für das mir entgegengebrachte Vertrauen, bitte hiermit, die Schlüssel der Orgel zu St. Bonifatii in die Hände meiner Auftraggeber zurücklegen und mein untertäniges Gesuch um Entlassung aus den Diensten Arnstadts hinzufügen zu dürfen.

Der Herr Superintendent, fassunglos: Wohin will Er sich wenden?

Bach: Nach Mühlhausen, als Organist zu Divi Blasii. Und zwar mit der „frembden Jungfer", meiner leibhaftigen Base Maria Barbara Bachin, die schon seit länger als einem Jahre vor meinem Gott und meinem Gewissen, seit zwei Wochen auch durch erklärtes Wort, meine Anverlobte ist und sehr bald meine Ehegattin sein wird.

Sprichts und verläßt den Raum.

Worauf sich ein Schütteln der Consistorii-Köpfe erhebt, daß der Staub aus den Perücken stiebt.

Am 14. Juli wird die Entlassung Johann Sebastian Bachs aus den Diensten an St. Bonifatii, genannt die Neue Kirche, obwohl sie seit einem halben Monat tatsächlich vollzogen und Johann Ernst Bach in die Rechte seines Vetters bereits eingetreten ist, noch in aller Form gnädiglichst bewilligt.

Im September des Jahres 1707 hielt an einem sommerhellen Morgen ein Rollwagen, der aus Mühlhausen im Thüringer Lande gekommen war, auf dem Holzmarkt zu Arnstadt vor dem Gasthaus zur Goldenen Krone. Der wurde mit einem Cembalo, vielen Noten und Büchern, sowie ein paar armsäligen Möbelstücken beladen. Als es nach wenigen Minuten geschehen war – denn wirklich Acht gab der Besitzer dieser seltsamen Habe nur beim Verladen des Instrumentes –, da schwang sich ein zweiundzwanzigjähriger Mann, mit einer buntbebänderten Laute an der Seite, auf den Bock und setzte sich neben den Kutscher.

„Los, Musikant!" ermunterte der Rosselenker seinen Fahrgast. „Ein Lied singen! Fährt sich doppelt so gut."

„Hört man hier zwischen den Häusern vor dem Rumpeln des Wagens doch nicht," lehnte Johann Sebastian Bach ab, der die Stadt verließ, welche ihm durch seine Pilgerfahrt nach Lübeck so sehr verleidet war, daß er dachte: ‚Gegen das Wagenrattern komme ich, wenn nicht mit meinem Spiel, dann mit meinem Gesang schon auf. Aber die Arnstädter verdienen es nicht, daß ich sie mit einem Lied verlasse.'

„Unterwegs wird Er singen?"

„Von Arnstadt bis Mühlhausen, so oft und so lange statt der Steine, die Menschen zur Straße fügten, Gottes Erde unter unsern Rädern und Gottes Himmel über unsern Köpfen ist," gab Bach zur Antwort und hielt, was er versprach.

Einen Monat hernach, am 17. Oktober 1707, wurde der Ehrenveste Herr Johann Sebastian Bach, lediger Gesell und Organist zu Divi Blasii in Mühlhausen des weyland Wohl Ehrenvesten Herrn Johann Ambrosii Bachen, berühmten Stadtorganisten und Musici zu Eisenach Sel. nachgelassener eheleiblicher Sohn, mit der tugendsamen Jungfrau Maria Barbara Bachin, des weyland Wohl Ehrenvesten und kunstberühmten Herrn Johann Michael

Bachen, Organist im Amt Gehren Sel. nachgelassener juengster Tochter zu Dornheim im Gotteshause, auf Gnädiger Herrschaft Vergünstigung, nachdem sie in Arnstadt aufgeboten worden, mit Gottes Wissen und Willen getraut.

Also nicht zu Arnstadt, mit dessen Geistlichkeit er es für immer verdorben hatte, sondern in der kleinen Kirche zu Dornheim legte der befreundete junge Prediger Lorenz Stauber die Hand der erwählten Eheliebsten in die Hand des Mühlhauser Organisten zu Divi Blasii.

Mächtig klang, begleitet von der Orgel, mit den Tönen Johann Sebastian Bachs der Chor der Trauung auf:

„Gott ist unsere Zuversicht,
Wir vertrauen Seinen Händen.
Wie Er unsere Wege führt,
Wie Er unser Herz regiert,
Da ist Segen aller Enden."

Eindringlich versicherte eine Baßstimme:

„Gott ist der beste Sorger,
Er hält am besten Haus,
Er führet unser Tun zuweilen wunderlich,
Jedennoch fröhlich aus.
Wohin der Vorsatz nicht gedacht,
Was die Vernunft unmöglich macht,
Das füget sich.
Er hat das Glück der Kinder, die ihn lieben,
Von Jugend an in seine Hand geschrieben."

Voller Inbrunst stimmte Maria Barbara Ton für Ton, Wort für Wort ein. Als aber bei der Arie nach den hinschmelzenden Tönen der Oboe d'amore eine Altstimme einsetzte, blickte sie Johann Sebastian voller Verwunderung und Widerspruch an. Diese süße Melodie hatte er für ihre Sopranstimme geschrieben. Nun aber – – Doch ehe die Braut diesen Gedanken zu Ende dachte, bat sie den Bräutigam mit flehentlichen Blicken um Verzeihung, denn sie hatte erkannt: Um ihre liebste Weise für sie zu bewahren, um zu verhindern, daß sie jemals von Irgendwem mit ihren Tönen gesungen würde, hatte er sie in den Alt versetzt. So sang zwar nicht die Stimme, wohl aber das Herz Maria Barbara Bachs mit, als es von dem Orgelchor herab zu der Oboe d'amore erklang:

„Schläfert aller Sorgen Kummer
In den Schlummer
Kindlichen Vertrauens ein.
Gottes Augen, welche wachen,
Und die unser Leitstern sein,
Werden alles selber machen.
Schläfert Aller Sorgen Kummer
In den Schlummer
Kindlichen Vertrauens ein."

Als dann aber, nach einem erneuten Baß-Rezitativ, der Choral erklang, da stimmte zu den beiden Herzen auch der Mund Maria Barbara Bachs und der Mund Johann Sebastian Bachs in den Gesang der Gemeinde ein:

„Du süße Lieb, schenk uns deine Gunst,
Laß uns empfinden der Liebe Brunst,
Daß wir uns von Herzen einander lieben,
Und in Fried auf Einem Sinn bleiben.
Kyrie eleis!"